Hayakawa
Mystery World

謎《リドル》の謎《ミステリ》その他の謎《リドル》

山口雅也

早川書房

謎《リドル》の謎《ミステリ》その他の謎《リドル》

Mystery of the Riddle
And Other Riddles

2012

by

Masaya Yamaguchi

目　次

異版　女か虎か

The Different Version of "The Lady, or the Tiger"

謎小説《リドル・ストーリー》の古典、フランク・R・ストックトン作『女か虎か』の梗概

昔々、ラテン系の大国の監督の下、東方のある国を治めていた半未開の王がいた。彼には美しいが我儘《わがまま》で勝気な王女がいて、王は彼女に溢れんばかりの愛情を注いでいた。

ところが、ある時、宮廷一の美丈夫として知られる廷臣の若者が、この王女と恋仲になっていたことが発覚した。それを知った王は、大変お怒りになり、その廷臣を捕らえ、自慢の円形闘技場において、《女か虎か》の刑に処すことにした。

《女か虎か》の刑とは次のようなものであった――闘技場にまったく形の同じ大きな二つの箱が並べてあり、それぞれの箱には扉が付いている。二つの箱の一方には人食い虎が、もう一方には、その国一の美女が入っている。闘技場に引きたてられた罪人は、どちらの箱にどちらが入っているのか知らされていないが、自分の意思でどちらかの扉を開けなければならない。もし、虎の箱の方の扉を開けば、たちまち食い殺され、美女の箱の方を開ければ、その場で結婚

・無罪放免の身となることができる。

さて、《女か虎か》の刑の当日、闘技場に引きたてられた廷臣は、そこに臨席していた王女の方に伺うような視線を送った。すると、王女は他の者にわからないように、右の箱の方を指差した。勝気な王女が、自分以外の女に恋人の廷臣を渡して面白いはずがないのはわかっていたのだが、廷臣は、右の箱の扉の前に進み、それを開いた。

――その扉の奥から現れたのは、女か虎か……？

その結末は書かれない謎《リドル》のまま、小説は終わっている。

ヘブライ文化大学歴史学教授アーロン・ツィンマーマン博士の覚書より

十九世紀末の読書界（と言うより前に社交界においてと言ったほうがいいかもしれない）にセンセーショナルな話題と議論を巻き起こしたフランク・R・ストックトンの『女か虎か』（一八八四年発表）という短編小説の構想の源が、ローマ市のあるローマン・カトリック研究家によってもたらされたものだということは、当時よりつとに知られていた。しかし、そのカトリック研究家が誰であり、ストックトンに提供されたという小説のための資料が、確かな歴史的事実に基づくものであるかどうか（小説の中では名を明かされていない半未開の王とは、果たして誰であったのか）ということは、作者の死後も明かされず、小説の結末同様、謎のまま残されることとなった。

その後二十世紀の一九四〇年代に入り、この謎の解明に資するような出来事が起こる。ヴァチカン国会図書館主席調査員であるチャールズ・セルビアが、ヴァチカン古文書保存庫において紛失したとされるローマ人総督・太守ポンティオール・ピラトの書簡を探索していた過程で、同時代に書かれたと推定される別の重要な書簡を発見したのだ。

この変色し、ひび割れた、紀元一世紀のものと推定される羊皮紙の手紙には、若い女性らしい手蹟でヘブライ語による文章が記されていた。筆者の名はエニット。内容は彼女が体験した《女か虎か》事件の顚末《てんまつ》を故郷の父親宛に書き綴って送ったというものだった。手紙の中味を読んだ調査員セルビアの断片的なメモによると、彼女は東方国家の宮廷侍女であり、その侍女仲間にミリアムという名の娘がいたという。ミリアムはユダヤの祭司長カヤパが宮廷奉公に出した彼の娘であり、このミリアムこそが、あの女か虎かの二択の箱の一方に入れられることになる、その国一の美女の候補だったというのである。さらに、その手紙の記述から、ストックトンが小説化した《女か虎か》事件の（エニット視点による）概要と、小説では名前が伏せられていた「半未開の王」が、当時、太守ピラトの監督の下ユダヤを支配していたヘロデ・アンティパスであり、すると当然、その王女というのは、かの有名なサロメに当たるという、驚くべき事実も判明したのだった（註）。セルビアは、この長文の手紙の要点・梗概を自分のノートに記すと、原本は、一九四〇年代当時ヘブライ関係の古文書鑑定の権威であったパリの国立考古学博物館のメルクール・ボワロオ主任研究員の許に託した。ところが、このタイミングは考え得る最悪のものだった。その直後のナチスのパリ陥落と共に、考古学博物館の収納物のめぼしい物は没収され、ヒトラー総統の元に送られたまま、戦後の現在に至るまで行方知れずとなってしまったのである。

いっぽう、セルビアが手紙の梗概を記したノートは、ヴァチカン古文書保存庫に残されていた。ところが、こちらも戦禍の混乱によって、ほとんどの頁が焼失、現在残されているのは、ストックトンの小説の登場人物と歴史上の人物を対照した表などの断片的な部分のみである。

セルビア自身も、第二次大戦中に戦死しており、結局、エニット書簡の内容は不明のままということになったのだが、幸いなことに戦時中のセルビア・ノートの閲覧者の記録が残されていた。閲覧者の欄に記してあった、たった二名の名前のうち、ジャック・モフェットなる人物は、その後、ハリウッドのシナリオライターとなっていたが、現地における詳細な調査によっても、モフェット自身のその後の行方、そして彼がこのセルビア・ノートの内容を脚本化して、それが映画として製作されたという形跡を掴むことはできなかった。

もう一人の閲覧者アブラハム・ネイサンについては、その名前からユダヤ人であろうという推定がなされたのみで、長らく正体不明とされてきた（あるシオニスト・グループの一員であったとか、エルサレムで短期間新聞記者をしていたという情報もあるが未確認）。だが、今世紀に入り、ロンドンのウェストエンドの老舗《しにせ》書肆《しょし》ホワイト・アウル改築の際、地下の錠前付きトランクの中から、領収書の束と共に、アブラハム・ネイサンの署名の入った原稿が発見された。原稿用紙の一番上に書かれていた題名は『異版　女か虎か』（同梱の領収書の日付から、一九五〇年代の執筆であろうと一応の推定をしておく）。そして、そこには編集者の手によると思われる『出版見送り』と書いた付箋が貼られていた。

この『異版　女か虎か』は、幾人かの手を経て、私の研究室の元に届くことになった。一読、ホワイト・アウルの編集者の見解と異なり、発表の価値あるものという感想を抱いた。この原稿がエニットの視点で描かれたものでないこと、エニットが知り得ぬ事実も書かれていることなどから、紛失したエニット書簡をそのまま写したものでないことは断言できるだろう。だが、歴史的事実との符合などの精査・検証はともかく、例のサロメとヨハネの事件の新解釈など、興味深い点も多々見受けられるので、ここに《ヘブライ文化大学研究叢書《そうしょ》》の一篇として、上《じょう》梓《し》・公開して、広く研究者たちの判断材料として供することにしたわけである。

二〇一〇年　六月十日

アーロン・ツィンマーマン

（註）ストックトンの小説に出て来る《女か虎か》の刑の舞台となるローマの型に倣った円形闘技場――という記述からも、父親がそうした闘技場を建てた東方唯一の王であるヘロデ・アンティパスを、小説中では名前のない《半未開の王》とするという推測は信憑性を持つと言わざるを得ない。

セルビア・ノートによる小説『女か虎か』の登場人物と歴史上の人物との対照表

半未開の王……ヘロデ・アンティパス。紀元一世紀当時、ローマ人総督ピラトの監督の下、ユダヤを支配していた混血民族の王。異母兄の妻を娶《めと》り、その掟《おきて》破りを預言者ヨハネから姦淫の罪と非難される。

王の妃……ヘロデの異母兄の妻ヘロディアス。後にヘロデの妻となる。ヨハネを誘惑したとされる。

王女……サロメ。ヘロディアスの連れ子で、ヘロデは叔父に当たる。舞踊の褒美にヨハネの首を所望したことで知られる。

王女と通じた廷臣……イアソン。ギリシャ人の貴族を父に持つが、その父がアクティウムの海戦で敗れ、捕囚となったことから、奴隷剣闘士の身分となる。

国一番の美女……ミリアム。ユダヤ人祭司長カヤパの娘にして、ヘロデ王の宮廷の侍女。

1

「あ、あ、あの男の前で舞うのは嫌でございます」王女サロメは形のいい眉を顰《しか》めて言った。

「あの男ではなくて――」王妃ヘロディアスは溜息交じりに訂正する。「――父上でしょうが」

「父上なものですか、あんな男」サロメは寝椅子から弾けるように立ち上がると、その強い眼《まな》差《ざ》しで、母親を射抜くように見返した。「あの男は、あなたの再婚相手であって、私の父上ではない。私の実の父上と血を分けた兄弟であったのかも疑わしい野蛮で好色な男よ」

「これ、サロメ！　なんてことを」

「だって、本当のことじゃない。母上だってご存じでしょう。宴《うたげ》の席で、あの男が私の身体を舐《な》めまわすように見ている嫌らしい眼つきを――」

「それは……」

「母上は、見て見ぬふりをされているんだわ。舞の後のあの男の大袈裟《おおげさ》な抱擁は、可愛い子供を称賛するためではなくて、若い女の腰を弄《まさぐ》りたいからだということを」

「あなたは気性の強い子だから……」と言いながらもヘロディアスは娘の訴えを認めた。「──でも、私だって、知らぬふりを決め込もうとしているわけではない。あの人の悪い癖は、それだけではなくて──」

サロメはハート形の顔に嘲るような笑みを浮かべながら母親の言葉を遮った。

「──あの男があんなだから、母上だって、あのガリラヤ人の預言者と……」

痛いところを突かれた母親はさすがに怒気を露わにして、

「なんてことを言うの！　おやめなさい！」

「ええ、よしますわ」サロメは滑らかな動きで人形のような優美な身体を再び寝椅子に横たえた。「母上だって、あの預言者の件では、お困りなんでしょうから……今は土牢に繋がれているヨハネが母上から誘惑されたなんて白状したら、それこそ、あの野蛮な半未開王は、どんな残酷な仕打ちをするやらわかりませんものねえ──土牢のガリラヤ人だけでなく、母上の身にだって……」

それを聞いたヘロディアスの顔から血の気が引く。へたり込むようにして寝椅子の端に座った母親の手をいたわるように握ってやるサロメ。母子の力関係は明らかに逆転していた。

「すべては、あの野蛮人が王位に就いているということが問題なんだわ」サロメは決然として言った。「――それゆえ、母上はあの男と再婚せざるを得なかった。そして、私はあの好色な老猿を父と呼ばねばならなくなった」

そこでサロメは気を変えたような明るい口調になって、

「ねえ、母上、あの男が王位から退くなんてことが、起こらないでしょうかねえ？」

「さあ、それは……」途方に暮れたような表情ながらもヘロディアスは何とか答えた。「戦《いくさ》が起こって戦死するとか、暗殺されるとか、そういうことがない限りは……」

「戦はないでしょう。ローマのピラト総督の後ろ盾がある限り、当分、この国は安泰で……」

そこで考え込むように眉根を寄せて、「――ところで、母上、王の子は私だけよね。それなら、私が王位を継ぐということは？」

「それは無理」ヘロディアスは即座に否定した。「掟では、王は男に限ると――女の王など認められないから」

「でも、私が結婚すれば、私の夫が王位を継ぐことになるわね」

「それは、そうでしょうけど、あなたの結婚相手を決めるのは、結局はヘロデ王なのだから、あなたの意のままになるということは、ないでしょうよ」

「ああ」サロメは天を仰いで嘆いた。「そういうことなのね。私は自分の好いたお方と結婚する自由すらないのね」

「そうね。その、あなたの好いたお方というのが、王様の気にいるとは、とても思えないしね」

「それどころか！」サロメは激しい感情の急変を見せた。「母上さえいなくなれば、あの男自身が、私を娶るということすら、あるやもしれませんものね！」

「まさか、そんな汚らわしいことを！」あまりの冒瀆《ぼうとく》的な話に、さすがのヘロディアスも絶句した。

しかし、サロメはすぐに平静さを取り戻して恐ろしい自説を淡々と口にする。

「でも、あの男は、すでに兄弟の妻を娶って、掟破りを犯しているのだから、次は姪を娶って二度目の掟破りをすることだって何とも思わないでしょうよ」

話が膠着《こうちゃく》したところで、母親が再び弱り果てた口調で最初の提案を持ち出した。

「ともかく、今夜の宴では、ピラト様の接待もあることだし、あなたには何か舞ってもらわねば。父上は、あなたが見事に舞ったなら、いか様にも褒美《ほうび》は取らせるとまで仰《おっしゃ》っているのよ」

それを聞いたサロメの片眉が僅《わず》かに動いた。

「いか様にも褒美は取らせると……それなら、《砂漠に咲く蘭》の舞でも致しましょうか？」

「《砂漠に咲く蘭》？」母親が驚きの声を上げる。「それは、いくらなんでも……あんな卑猥《ひわい》なアラブの舞をしなくても……」

しかし、サロメは決然として言った。

「そうね、あの舞は、最後には上着を脱いで、乳房を晒《さら》さなけりゃならないものね。――でも、それが、あの好色な王とローマの駐屯士官どもの望みなんでしょう？　いいわよ。やってやるわよ。そして――」サロメは嫌っているヘロデ王に似た残忍な笑みを浮かべた。「――母上と私の立場が有利になるような褒美を所望してやるの」

2

「王女様、ヤコブ様が参りました」と侍女のエニットが告げた。

「おお、そうか」サロメは寝椅子に横になったまま、物憂げな眼差しを、部屋に現れたユダヤ人の法務官のほうに向けた。「ヤコブ、そちに、ちと頼みたいことがあってな」

老いた法務官はいつもの隙のない仕草で一礼をすると、「なんなりと」と短く言った。

「まず、この国の婚姻に関する掟について訊きたい」

「ほう」老法務官は白い庇《ひさし》のような眉を愉快そうに蠢《うごめ》かせた。「それはまた……どういったことで？」

「国……と言うより、この宮廷内での婚姻は、すべて王が決めると聞いたが、本当か？」

「はい」ヤコブは官吏らしい事務的な口調で答えた。「――廷臣や侍女の結婚に関しては、すべて王がお決めになります」

「結婚の相手も、すべて王が決めるのか？　廷臣や侍女に相手を選ぶ自由はないのか？」

「それは……いかに王とて、すべてに目が行き届くわけではございませんから、廷臣や侍女がそれぞれ相手をすでに選んでいるという場合もございます。――しかし、その場合も必ず、その相手でよいかどうかという王の認可が必要なので、結局は同じことかと」

「その婚姻の法は――」サロメは一瞬の間を置いた。「私にも当て嵌《は》まるものなのか？」

　ヤコブは相変わらず動ぜず、無駄なく答える。「はい」

「なるほど」サロメは考え込むように天井を仰いだ。「私の結婚相手は、いずれにせよ王が決めた者でなければならない――と」それから急に気を変えたように、「――ところで、母上から聞いたのだが、王女――私の結婚相手は、貴族の階級でなければならないというのも、そうなのか？」

「さようで」

「その貴族の階級ということの中身だが、その者の身体の中に一滴でも貴族の血が流れていれば、それは貴族と認められる――という考え方も正しいのか？」

「いかにも」と答えてから如才ない法務官は王女のために若干の解説が必要かと考えた。「戦乱の続いた後の世の中は、階級も混乱します。貴族でも敗者となれば、他国の勝者の臣下や奴隷に身を落とすこともある。だが、その後、落ちぶれた貴族が奴隷の女と交わり出来た子供が傭兵となって戦果を上げ、再び別の国を治める高い階級に成り上がることもある。ですから、その身体に一滴でも貴族の血が混じっていることが証明されれば、その者はたとえ無産の輩《やから》であろうとも貴族認定でよいとするのが、このところの諸国の通念となりつつあるのです」

「なるほど」サロメは考え深げに頷いた。「――そう言われれば、母上にしてもヘロデ王にしても、出自を辿れば混血民族、そういうことにでもしなければ、諸国の為政者は地位が脅かされることになるであろうからな」

「姫君、そんなことを……滅相もない――」と老官吏らしく、つい、たしなめの言葉が出てしまう。

「――ところで、ヤコブ、この宮廷内の者たちの出自について調べられるか？」

「出自と申しますと？」

「だから、出身国とか、その……貴族の血が混じっているかどうかとか」

「それは……文書庫の身分台帳には記されておりますが」そこで警戒心を露わにして、「――いけませんぞ。身分台帳を見ることは、王の許可がなければできませぬ。いや、もっと言えば、この国の王のみしか見ることを許されぬものなのですから」

「なぜじゃ？」

「大混乱になるからでございます。皆が勝手に出自を知って、俺は本当は貴族だ、お前は奴隷出身だなどと言い出したら、国の秩序は崩壊してしまうではありませぬか」

「なるほどな」しかし、それで諦める姫君ではなかった。「だが、ヤコブよ、お前は、文書庫の鍵を持っていて、管理を任されているのであろう？」

「なりませぬ」優秀な官吏は先回りして言った。「いくら、姫君の頼みでも、それは――」

「一か所、確かめるだけじゃ」

「いけませせぬ」

「五十銀シェクルつかわそう」

「駄目です」

「お前には、子供の頃、読み書きを教えてもらった。信頼し感謝している」と、殊勝な顔で言う姫君。

「私も姫君のことはお慕いして……しかし、これればかりは――」

「百五十」

「お断りします」

「お前も立ち会いのもとで――三百銀シェクルとアラビア馬一頭。それと――」サロメはわざと間を置いた。「望みの侍女一人を」

「承知しました」ユダヤ人法務官の短い答えには微塵《みじん》の躊躇《ちゅうちょ》もないように聞こえた。

「では――」サロメは先にヤコブへかけた言葉とは反する軽蔑的な薄笑いを浮かべながら宣言した。「文書庫へ参ろうぞ」

宮廷の奥の薄暗い文書庫に入ると、ヤコブは書類の並んだ棚の一角に置いてあった錠前付きのがっしりした木箱の鍵を外して、中から、大判の革装丁の書類綴りを取りだした。

そして、中央のテーブルの上で、それを厳かに開く。

「さて、姫君が出自をご覧になりたい者の名は？」

サロメは、羊皮紙にびっしりと記された身分台帳の名前を、老法務官の肩越しに眺めながら、短く言った。

「イアソンを」

「ほう……」ヤコブの庇のような白眉が意味ありげに動いた。「あの若者を」それから、しばらく身分台帳の頁をあちこち繰っていたが、「ありました」と言って、その箇所を読み始めた。

「イアソンは、ギリシャ人。母親は名もなき奴隷、父親もすでに亡くなっておりますが奴隷剣闘士をしていた身で……しかしながら——」そこでじらすように間を置いて、「——父親の元の身分は貴族、ですな」

「おお」サロメはつい吐息を漏らす。「やはり……」

老法務官が律儀に敷衍《ふえん》する。

「イアソンの父親は、あのアクティウムの海戦でアントニウスの旗艦に乗っていたとの記録があります。——となると、多分、あの虚栄の女クレオパトラの艦隊が、いざという時に怖気づいて逃げ出したために、海戦に敗れ、捕虜となり、奴隷剣闘士に身を落としたということなのでしょう。そして、剣闘士の営舎で女奴隷との間に生まれたイアソンも、父親を継いで奴隷剣闘士となった……」

法務官は老眼を凝らして羊皮紙の記述を読んだ。

「そんな出自の者が、どうして、ここの廷臣に取りたてられたのじゃ？」

「それは……ほら、ここ――イアソンの名前の上にローマの監督官――太守ピラト様のサインがありますでしょう？　これは、ピラト様の推挙によって、こちらの廷臣に取りたてられたということを示しています。以前、駐屯しているローマ人士官から聞いた話によりますと、何でも、ピラト様を襲った刺客を、イアソンが倒して、暗殺を防いだことがあるとか。以来、ピラト様に気に入られて、奴隷剣闘士の身分から引き上げられ、こちらへのご奉公のお世話もしていただいたのだとか聞き及んでおります」

「なるほどな」サロメは満足そうに頷いた。「――ヤコブよ、今日、ここで私がイアソンの身分を調べたことは、他言するではないぞ」

「他言するわけがございません」老獪《ろうかい》な法務官は表情も変えずに言った。「――そんなことをすれば、私の首が飛びまする」

3

まさに宴たけなわといったところだった。

宮廷の大広間には、様々な人種の賓客が集っていた。監督官ピラトを中心とした駐屯ローマ人士官の享楽的なグループ、いつも異彩を放っている隣国のアラブ人の使節団、そして、ごくわずかな人数だが、その髭と共に矜持《きょうじ》も剃り落とし王に忠誠を誓ってローマ風の服を着たユダヤ人たち……。それぞれのテーブルの前には、残り少なくなってきた食べかけの御馳走の皿と飲みかけの葡萄酒の盃《さかずき》が雑然と並んでいる。余興のほうも最後のイタリア人の子供たちの曲芸が終わったところだった。

一同の中央奥の玉座にヘロデ王が座り、その両隣には、妃のヘロディアスと王女サロメがかしずいていた。だが、王の無骨な手の毛深い指先は、妃ではなくて王女の膝の上に置かれている。

イタリア人曲芸師の最後の一人が退出したところで、王が王女のほうを愛しげに見て促した。

「さあ、サロメよ、そろそろ舞を見せてくれぬか？　太守ピラト様もご所望されていることだし……」

サロメは膝に置かれた王の指先を振り払うようにして立ち上がると、それでも顔のほうは艶然と微笑み、「承知しました。では、楽師に指示を。今宵の宴に相応《ふさわ》しい演目を用意しておりますゆえ」と言う。

「うむ、そうか。で、何を？」

「《砂漠に咲く蘭》を舞いまする」

「おお、それは……」ヘロデ王はその演目を聞いて、ひどく驚かされた様子だった。

だが、すでにサロメは広間の中央に進み、膝を抱えてうずくまり、花の蕾《つぼみ》のポーズをとっている。それを見届けた妃のヘロディアスが楽師たちに合図を送り、弦楽器に笛、太鼓が、アラブの旋律を奏で始めた。

サロメは楽隊の演奏と共に、ぱっと咲いた花のように、長い両腕を天に向かって広げて、立ち上がった。それから、腰を揺らせ、頭を振り、腕を泳がせ、脚を跳ね上げ、広間の床一杯に描かれたモザイク画のギリシャの神々の淫らな行為をなぞるかのように、舞い踊った。サロメは、広間のスペースを縦横に駆け回りながら、ローマ人士官たちを揺れる腰で幻惑し、アラブ人たちを指先の優雅な動きで誘い、ユダヤ人たちに鋭い短剣のような流し眼をくれた。

そして、楽団の伴奏も最高潮というその時に、サロメはヘロデ王の真正面に立ち、素早く上衣を脱ぎ捨てた。王の――いや、その場にいたすべての男たちの眼が、王女の裸身に釘づけになった。満を持して開いた蘭の花のような優美な乳房、普段見慣れた大方のユダヤの侍女たちのオリーブ色のそれとはまったく違う、僻遠の地からもたらされた大理石のように白く滑らかな肌……。

サロメは王の前で、風にそよぐ花のように揺れ、蜜を求める蝶のように舞った。身体はくるくると回すが、秋波を送る眼と笑みを湛えた赤い唇とつんと尖ったピンク色の乳首の先は、常に王のほうに向けるように舞う。それは明らかに意図的な所作のように見えた。

裸体を晒して舞い踊るサロメの姿を茫然と眺めながら、ヘロデ王は自分の身体の底から湧きあがってくる肉慾を抑えることができなかった。眼の前で動いているエロスの女神を自分のものにしたかった。この世のものとは思えない美しくも淫蕩《いんとう》な存在を前にしたら、ヘロデ王ならずとも——そう、あの禁欲的なガリラヤ人の説教師でも、欲情するに違いないとさえ、鈍い頭で考えた。

楽師の太鼓が最後の一打を叩きつけ、伴奏が終わり、サロメはヘロデ王のほうに誘うような指先を向けたポーズのまま静止した。

広間は一瞬、静寂に包まれ、次いで、あちこちで感歎の吐息が漏れ聞こえ、そののちに、思い出したような盛大な拍手が巻き起こった。

サロメは、そうした称賛の渦に、軽くお辞儀をして応えた後、一歩進み出て、優雅に腰を落とし、王に向かってより深く頭を下げる。この特別の行為が、またヘロデを有頂天《うちょうてん》にさせた。

「素晴らしかったぞ、サロメよ」

サロメは、彼女らしくもない媚びるような口調で、

「お父上（とわざとらしく呼ぶ）、お褒めのお言葉も、嬉しいのですが——」

それで、鈍い王もはっと気づく。

「おお……そうだったな……見事な舞には褒美を取らすと約束したのだったな」

「ただの褒美ではなく」サロメは急に難攻不落の要塞のような態度になって、「……望みのものは、どんな褒美でも、取らすと父上は仰られたはず……」

「おお、それはそうだ。その通りだ。何がいい？　お前の欲しいものは何でも取らすぞ。――そうそう、偶像を禁ずるユダヤの民が唯一秘蔵していた金の子牛の像でも――」

「そんなものは、欲しくはございません！」サロメは鞭《むち》を振るうようにぴしゃりと言った。

「それでは……なにを……？」

サロメは艶然と微笑んで言った。

「預言者ヨハネの首を」

「何とな……」それを聞いたヘロデ王も一瞬、絶句する。「――首とは、あのガリラヤ人を斬首せよと申すのか？」

サロメは黙ったまま頷いた。

広間を嫌な静寂の空気が支配する。さすがの蛮勇の王も、ローマ人監督官のほうに伺うような視線を送った。それに対して無表情のまま頷く太守ピラト。彼にとっても、ガリラヤ人の説教師が民衆を扇動するのは好ましくないに違いなかった。だが、それにしても……。

ところが、ここでヘロデ王は、自分の内部に、別の奇妙な感情が湧きあがってくるのを感じていた。

——ガリラヤ人の首を欲するとは……ある意味、あっぱれではないか！　サロメには、確かに自分と同じ血が流れている。野蛮で半未開の嗜虐《しぎやく》の血が……自分はその呪わしいが抗いがたい血の力で、他の民族を虐殺し、強引に組み伏せ、容赦なく支配し、この揺るぎなき王の地位を得たのではなかったか。その同じ嗜虐の血があの美しい女の身体に宿っていようとは……そのことに気付いた時、ヘロデ王は真にサロメを欲しいと思った。それは、肉慾も精神の愛をも超えた、穢《けが》れてはいるが紛れもなく同じ血の存在を嗅ぎつけた獣の本能のようなものだった。

——血縁の姪だからどうだというのだ、近親だから何だというのだ……俺はすでに一度、掟は破っているのだから……。

「サロメよ」半未開の王は自分の貪婪《どんらん》な想いを隠した穏やかな口調で応じた。「お前の望み、聞き届けようぞ」

それから、背後に控えていた三日月刀を佩《は》いた促進士に命じた。

「ヨハネの首をはねて、銀の大皿に盛り、ここへ持ってくるのじゃ」

4

侍女ミリアムは自分から身を離した廷臣イアソンに向かって不安げに言った。

「どうなさったのですか？　どうして、私から逃げようとするの？」

イアソンはミリアムから眼を逸らすと、バルコニーに両手を突き、夜空を見上げながら言った。

「――ここは、宮廷内。宴が終わって、誰も見ていないとはいえ、廷臣と侍女が二人きりでいるのは、何かと誤解を受けることになりますゆえ」

「誤解ですって？」ミリアムは驚いて訊き返した。「先日、サロメ王女様のお供でチベリウスの丘に遊山に出かけた時には、森の中で私を好いていると言ってくれたではありませんか？」

「ですから――」イアソンの声には微かな苛立ちの響きがある。「――あそこは宮廷内ではなかったから……」

「でも、近頃は……おかしい……」ミリアムは必死に、たどたどしい抗議をする。「……ご自分で私を好きだと言っておきながら、最近は、私を避けるような素振りばかりなさっているではありませんか……」

イアソンは相変わらずミリアムと眼を合わせないまま答えた。

「ですから、それは宮廷内の掟があるからだと――」

「嘘」ミリアムは彼女らしくもなくぴしゃりと言った。「――それなら、サロメ……姫君と二人きりで、しかも王女の寝所でお逢いになられるのは、掟違反にはならないのですか？」そう言ってしまってから、ユダヤの侍女は後悔したように付け加えた。「……ならないんでしょうね。相手は姫君。王女と侍女では比べものになるはずも、ございませんものね……」

「いやそれは違う」イアソンはミリアムのほうを振り向いた。「私と王女との間に、何もやましいことはない、私がそなたを好いているという気持ちは――」

「でも」ミリアムは相手の言葉を強引に遮った。「宴の席などで、王女があなたに送る主従の関係を越えた妖しい秋波、そして、それに応えるあなたの視線には、この鈍い乙女にも、何かしら感じざるを得ない嫌なものがございます」

イアソンが抗弁しようと口を開きかけるものの、言い募るミリアムの勢いに圧倒される。

「あなたは、以前、自分にはギリシャの貴族の血が流れていると打ち明けてくださいましたね？」

「それは……そう言ったが……」

「そして、自分には大望と野心があるとも。奴隷剣闘士の身からこの宮廷の廷臣に這いあがり、さらには、その上の地位に登って貴種の支配者階級としての矜持を取り戻したいのだとも」

イアソンは黙ったまま先を促した。ミリアムは、いじけ切った投げ遣《や》りな調子で続ける。

「あなたにそうした望みがおありになるのなら、やはり、ユダヤ娘の侍女など相手にせず、王女とお近づきになったほうが、いいのではありませぬか？」

「いや、それは違う」さすがのイアソンも色をなして声を荒らげた。「私が王女の寝所に呼ばれているのは、ローマで盛んな戦車競技のあれこれについてお聴きになりたいとのご下命ゆえのことで……」それから少し困惑した口調になって、「……それに、そなたに対する想いとても――」

と、イアソンが言いかけたところで、テラスに別の声が響いた。

「イアソン様」声の主は王女付きの侍女の一人だった。「王女様がお呼びです」

「承知した」イアソンはミリアムへの言葉を最後まで言わずに、侍女の呼びかけに答えると、踵《きびす》を返して、そちらのほうへ歩み出した。

テラスの闇の中で遠ざかって行くイアソンの広い背中を見送りながら、ミリアムは王女付きの侍女には聞こえぬように声を殺して嗚咽《おえつ》したのだった。

5

「イアソン、何を遠慮しておる。もっと飲まぬか？」

王女は、驚いたことに、巷《ちまた》の遊女のように自らの手で盃に葡萄酒を注ぐと、一介の廷臣の身分の男の手に押し付けるように渡した。

「それから、もそっと、近こう寄らぬか」

イアソンは緊張した面持ちのまま、大きな天蓋付きのベッドのそばに、一歩踏み出した。サロメは質問の続きを口にした。

「――それで、ローマの戦車競走で、外側の馬は長い挽革《ひきがわ》に繋がれていて、そのために競走路いっぱいに膨らんで走れるのだということだったが？」

「はい。それは……そうです」イアソンはやや気のない風に聞こえる小声で答える。「――そのために、他の後続の戦車は――」

「何？　よく聞こえぬぞ。もそっと近こう……そこへ――遠慮せずに、上掛けの上に座って話してくれぬか？」

「いや」若いギリシャの廷臣は動揺した。「いくらなんでも、姫君の褥《しとね》の足元に座るなどということは……」

サロメは形のいい尖った顎を上げて笑った。

「宮廷一の逞しい身体をした男が、そんな臆病なことで、どうするのじゃ？　人目など恐れることはない。この部屋には誰も入らぬように言いつけてある」

「しかし、廷臣には掟というものが――」

サロメは笑うのを止め、眼の前の気弱な男の心臓を射抜くように睨んだ。

「掟？　お前と、この寝所で二人きりになるのは、これでもう三度目であろう？　掟などという野暮なことを言うのなら、お前はもう三度も破っているではないか」

「それは……そうですが」

サロメはまた感情の急変を見せ、相手を懐柔するような柔らかい微笑みを浮かべた。

「——私は王女であるぞ。そんな野暮な掟など、どうとでもなる。それにお前の言っておる掟とは法ではない。あくまでも案内指標《ガイダンス》の類じゃ。そんなことぐらい、賢いお前にはわかっておるだろう？」

「しかし、このことが王に知れたら——」

「王様か」王女はあからさまに鼻で笑った。「——確かに、この国の半未開の王には、法と掟の区別もつかんのであろうな。——しかし、イアソンよ、私も王女であることを忘れたわけではあるまいな？……ささ、私に恥をかかせずに、そこに座ってくれぬか？」

イアソンは仕方なく、おずおずと上掛けに腰を下ろした。そして、再び戦車競技の話の続きを始める。

「——それで、長い挽革で走路いっぱいに膨らんだ外側の馬に走路を阻まれた後続の戦車は、先行する戦車を追い抜くことができなくなるという作戦で——」

——と、説明を続けながら相手を見ると、王女は話を聞いている風もなく、その弛緩した視線は、専《もっぱ》らオレンジ色のチュニックに包まれた自分の厚い胸板に注がれているようである。

「姫君」

「なんじゃ、イアソン？」

「私の話を聞いておられますか？」

「いや」サロメはあっさりと認めた。「私は、お前の美しい金色の髪と立派に筋の通った鼻と厚い胸板に見惚れておった……」

「姫君……」

「イアソン、もう気付いておろうが、私は殿方が夢中になる戦車競走のことなど、本当はどうでもよいのじゃ。そんなことは方便に過ぎないと、お前ほど頭の回る男ならわかっておろう。私の真意は――ただ、お前と、こうして、息のかかるほど近くにいて、親密に触れ合うことができればと――」

そう言って、自分の方から廷臣の手を握ろうとする王女。その大胆な行為にイアソンは慌てて手を引っ込める。サロメは再び顎を上げて嘲笑《あざわら》った。

「弱虫め」

これには、さすがのイアソンも自分の身分を忘れて、

「弱虫とは……何を仰います？」

「だって、そうではないか。王女の――いや、女の身である私の方からここまで言わせておいて、そのようにすげなく拒むとは……私は、そんなに魅力がない女なのか？」

詰め寄る王女に廷臣は気圧《けお》されながら、

「いえ、そんなことはございません。姫君は……」イアソンは少し間を置いてから、思い切っ

たように言った。「……お美しい。多分、ギリシャの神々でさえも、あなたの魅力には抗うことはできないでしょう」

自信と矜持に満ちた王女は相手の言葉を否定しなかった。

「ほう……そこまで言うのなら、なぜ？　お前は何を恐れておる？　掟など恐れるに足らぬことは、もう得心がいったであろう？　それならなぜ……それとも、お前、私自身が怖いのかえ？」

イアソンは堅い表情のまま答えない。そこで、王女は三度目の感情の急変を見せた。俄《にわか》に顔を曇らせ、憂《うれ》い顔で言う。

「わかっておる。私も馬鹿ではない。お前は私のことを恐ろしい女だと思っておる。今宵の宴での出来事――お前は、その場にいなかったが、すでに聞き及んでいるのであろう？　私が《砂漠に咲く蘭》の演舞の褒美として、王に牢に繋がれていたガリラヤ人の首を所望したということを――」

「はい……預言者ヨハネの首が銀の皿に盛られて供されたとか」

「そんなことを――」サロメは突然アーモンドのような眼《まなこ》を潤ませた。「――本当に私が望んだとお思いか？　このか弱い乙女の身で、そんな口にするのも憚《はばか》られるような残酷なことを……」

「では」若い廷臣は当惑した。「――あの預言者の首を所望したというのは、姫君のご意思ではなかったということなのですか？」

「そんなはずがなかろう」王女は声を震わせた。「――そう言ったのは、どうしても避けられぬ理由があってのこと。すべては、母上を助けるために仕方なく……そう言うように仕向けられたということだったのじゃ……」

「母上を？　お妃様を助けられるためにされたことだと、仰るのですか？　しかし、それはいったい、どういうことで？」

「あの恐ろしい男から守るために」

「恐ろしい男？」

「わからぬのか？　半未開の野蛮の王ヘロデ……」

「姫君！」未熟者の若い廷臣は驚きの声を上げた。「お父上に対してそんな言い方をされては……」

しかし、サロメは父王に対する激しい非難の言葉を止めようとはしない。

「何が父王なものか。お前もあの王に仕えている身なら、あの男の半未開な野蛮さ残酷さ身勝手さは、知っておろう。あの男は自分の周りの女などは、誰でも意のままになると思い込んでおる。掟破りなど意にも介さず、自分の兄弟の妻である母上を娶って、この国の王に収まった。そして、異常なまでの独占欲と嫉妬心で、母上とあのガリラヤ人の関係を疑った。しかも、母上のほうから預言者を誘惑したなどと決めつけて――」

「あくまでも宮廷内の根も葉もない噂として聞いておりましたが……」

「いや、その裏に、あの男――ヘロデの邪悪な企みが潜んでおるのじゃ」

「王の邪悪な企み……？」サロメの巧みな話に引き込まれ、若い廷臣は、ただただ途方に暮れるばかりだった。

「そう。あの男の企みは、地下牢の預言者を拷問して、母上のほうから誘惑したと偽りの白状をさせ、それを言質《げんち》にして、母上を離縁し……そして、そして……」王女は意を決したように言った。「――この私を新たな妃として迎えようという所存――」

「まさか！」さすがのイアソンも声を荒らげた。「そんな冒瀆的なことが……」

「そうよな」サロメは即座に同意した。「神をも恐れぬ冒瀆じゃ。しかし、それも、野蛮で残虐で横暴な、あの半未開の男なれば、森で狙った鹿を狩るような、言わば、遊興の類と変わらぬこと。すでに兄弟の妻を娶って掟破りをしている男には、自分の姪を娶る掟破りなど造作もないことなのじゃ――お前も、宴席などで、あの好色漢が私を見る豚のような貪婪な眼つきや、身体を触る蜥蜴《とかげ》のような嫌らしい手つきは、眼にしているであろう？」

イアソンは廷臣である立場から、王を詰《なじ》る王女の言葉には答えなかったが、その答えないということ自体が自分の言い分を肯定する結果になっているのをサロメは見逃さなかった。

若手では宮廷内でも一、二を争う賢明さを誇ると認められている廷臣は、少し考えを巡らせてから口を開いた。

「——つまり、姫君は、母上を助け……そして、ご自分の身を守るため、あのガリラヤ人預言者の口を塞がねばならなかった。——それで、演舞の褒美というまたとない好機にヨハネの首を所望したのだということなのでございますね？」

「やっと、わかってくれたか！」涙に濡れたサロメの顔が輝いた。「ヘロデ王は、どんな拷問の手段を用いても、あのガリラヤ人から言質を取ったに違いないんだわ。だから、私は母上の願いを聞いて仕方なくあんな……」そこで、王女は、ベッドから這い出し、若き廷臣の厚い胸に飛び込み、か弱き乙女の口調で訴えた。「——私、怖い。自分がさせられたことも、あの好色の王の企みも……だから、イアソン、私を助けて……」

若き廷臣は王女の勢いに圧倒されながら、彼女の背中に思わず腕を回した。そして、再び当惑気味に問い返す。

「姫君が預言者の首を所望した、止《や》むに止まれぬ事情はよくわかりました。——しかし、この私に、どうしろと？」

サロメは涙にくれた美しい顔を上げてイアソンを直視した。

「首を所望した理由がわかったのなら、もう、私を恐ろしい女だと思うまいな？」

「はい……」

「私の心が醜いとは思うまいな？」

「はい」

「心と同様に、外見も醜いとは思うまいな？　男の目から見て、私の姿形はどうじゃ？」

「はい……姫君はお美しゅうございます。それを否定する男など、この国にはおりますまい」

「それほど言うのなら、お前も、私のことを好きか？」

イアソンは躊躇《ためら》いがちながら短く答えた。「はい」

「では……私を抱いて、私の夫になっておくれ」

「え？」性急な展開にイアソンは王女を抱いたまま身を硬くした。「それは……」

「あの好色の老猿王から、私を守ることができるのは、正式な夫以外あるまい？」

「しかし、それは、とても現実的な話とは思えません。私は廷臣の身……身分が違い過ぎます」

「それは違う。お前の身体には貴族の血が流れておる」

イアソンははっとして、「なぜ、それを……？」

「ある重臣の手引きで、門外不出の身分帳を見たのじゃ。お前の父は奴隷剣闘士に身を落としたが、それは海戦で敗れた故のこと。元をただせば、ギリシャの貴族の出なのであろう？」

「それは……そうですが、姫君は宮廷の禁を破ってまで、私の出自をお調べになったのですか？」

「そう。……なぜ、そんなことをしたと思う？」

イアソンは黙ったまま先を促した。

「お前を好いているからじゃ、イアソン。お前は、宮廷一、逞しく、賢く、美しい男子《おのこ》じゃ。お前は、私の夫に最も相応しい男なのだよ。それに、その身体に一滴でも貴族の血が流れていれば、それは貴族の認定となり、そうであるなら、一廷臣といえども、王女の夫たる資格があるという宮廷の掟についても、すでに確認してある」

「そうでしたか……」茫然としたまま曖昧に答えるしか術《すべ》がない様子のイアソンだった。

煮え切らない相手に業を煮やした王女は、少し強い口調になって、

「お前とて、世が世なら、ローマの属領の統治者になっていたとしてもおかしくはない身分だったのであろう？　お前の死んだ父親は、家の再興について、何と言っておった？　貴族の矜持は、剣闘士営舎の下水溝に流してしまったのか？　お前には貴族の誇りも男としての野心もないのか？」

そこまで言われても、イアソンは口に出して返答しなかった。しかし、自分を抱く腕に力がこもったことを王女は敏感に感じ取って、相手の心が大きく傾いたことを確信した。

「ああ、やっとわかってくれたか……イアソン。私を抱いて。そして、晴れて夫となれば、ゆくゆくは、この国の王にでも……私、嬉しい……」

そう言いながら、王女は廷臣と抱き合ったまま、床《とこ》に臥《ふ》したのだった。

王女サロメは、自分が想いを寄せる男の身も心も、遂に支配することに成功し、権力者としても一人の女としても、無上の悦《よろこ》びに浸っていた。

しかし、寝室の隅の円柱の陰で、彼女の侍女マリアが二人の遣り取りの一部始終を見聞きしていたこと、そして、その侍女がヘロデ王の放ったサロメ監視のための間者《かんじゃ》であったことなど、知る由《よし》もなかった。

6

「そうか、それは絶対に許せんな」

間者侍女マリアの報告を聞き終えたヘロデ王は、顔を紅潮させて、激しい怒りを露わにした。

「即刻、その不埒者《ふらちもの》――イアソンを捕らえて、首をはねてくれようぞ」

王の横に控えていた刑務官ゼイヤヌスが、そこで慌てて口を挟んだ。

「――王様、それはなりませぬ」

「なぜじゃ？」

「イアソンは、一廷臣の身とは言え、太守ピラト様の推挙によって採用されたギリシャ人の男。そう簡単に斬首にということはできませぬ」

王ははっとして、

「ピラトが後ろ盾に……そうだったか……ローマの監督官の顔を潰すわけにはいかないという

ことじゃな?」

「いかにも」

「しかし、宮廷内で王女に手をつけた廷臣を、そのままにしておいては、わしの王としての威信はどうなる? 部下どもに示しがつかんではないか」

酷薄そうな刑務官は薄い唇を歪めて笑った。

「ピラト様の顔を潰さずに、不埒な廷臣を十二分に震え上がらせる刑罰があるではありませんか。――宮廷内の掟をお忘れか? 宮廷内での身分違いの男女の密通が発覚した場合、刑は斬首ではなく、例の闘技場での《女か虎か》の刑と昔から決まっておりまして」

「《女か虎か》……おお、それがあったな……」

「それに、イアソンを斬首にするのは、やはり、まずうございます」刑務官は駄目押しをした。「――先日の洗礼者ヨハネの斬首の件で、民衆の心証を大分悪くしております。それに、民衆ばかりではありません。残酷な刑をあまりやり過ぎると、この国が未開であると、他国にも思わせてしまうことにもなりかねません」

半未開の王はがっしりした顎を摩《さす》りながら鈍い頭で考えを巡らせていたが、

「――ふむ、それもそうだな……それに、円形闘技場での《女か虎か》の刑は、楽しみの少ない民衆にとっても、刑と言うより、極上の娯楽として受け取られるであろうからな」

「そうでございますよ」刑務官は媚びるように言った。「さすがは王様、まさに、ご英断かと存じます」

「わかった。お前の知恵も、次期内務大臣に相応しいものだと思うぞ」

「恐れ入ります」刑務官ゼイヤヌスは飛びあがらんばかりに喜んだ。

「とにかく、すぐさまイアソンをひっ捕らえて、牢にぶち込んでおけ。そして――」王も刑務官同様の酷薄そうな笑いを浮かべた。「――《女か虎か》の準備をするのじゃ。とびきり獰猛《どうもう》な虎を用意するのだぞ」

「心得ておりまする。象も食いつくすような腹ペコ虎を見つくろって、ただちに手配いたします……」

7

王女は泣いてはいなかった。

激しい気性がそうさせるのか、強い怒りがそうさせるのか、ともかく、イアソンが捕まり、牢に繋がれた後も、一滴の涙を流すこともなく、胸の前で腕組みをして、眉根を寄せ、王妃へロディアスを前にして感情を炸裂させる。

「このことを密告した間者――多分、侍女の一人に違いないのだろうけど、ただじゃおかないわ。必ず見つけ出して、それこそ、首をはねて皿に盛って――」

母親は娘の気勢に圧《お》されながらも、たしなめるように遮った。

「――そんな裏切り者探しなんかしている場合じゃないでしょう、あなた。《女か虎か》の刑は明後日、円形闘技場で開催されることに決まったということですよ」

「だからどうだと言うの？　今更、あの老猿王に、イアソンの命乞いをしろとでも？　あの男が王女を寝取った廷臣風情《ふぜい》を許すはずはないし、人食い虎の餌食になるのを楽しみに――」と、そこまで言いかけて、はっとして、「――虎のことはともかく、もう一方の箱に入る女の方は決まったの？」

ヘロディアスは頷いた。「侍女のミリアムが」

「え、ミリアム――？」サロメは人食い虎の姿を眼の前にしたとしても、こんな驚き顔は見せなかっただろう。「――あのユダヤ祭司長の田舎娘が？　虎と対の箱に入るのは、この国一の美女と決まっているんでしょう？　じゃ、あのミリアムが、この国一の美女ということになるの？」

母親は躊躇いがちに答えた。

「そうだと周囲――評議員たちから認められた……ということなんでしょうね」

「私は認めないわ」サロメは端整な顔を歪めた。「――特にあの娘だけは……私、知ってるの。あの娘がイアソンに色眼を使って……それに、森の中で二人が抱き合っていたことも……だから、あのミリアムだけには、イアソンを渡すわけにはいかない」

母親は驚いて尋ねた。

「――あなた、それを知っていて……二人の仲を知っていて、イアソンに手を出したの？」

しかし、サロメはその問いに直接答えることもなく、逆に性急に訊き返す。

「ねえ、母上、《女か虎か》の場合、もし、イアソンが女の側の箱の扉を開けたら、その中の女――つまり、ミリアムと結婚して無罪放免ということになるわけなんでしょう？」

「掟――前例からは、そういうことになるわねえ」

それを聞いて考えを巡らせていたサロメだったが、少しして口を開いた。

「運よく女を引き当てた罪人が許されるのは、その馬鹿げた見世物刑を主宰しているのが、国の最高権力者――王様だからということなのよね？」

「そうね」

「――ということは、その運のいい罪人の結婚というのも、王が認めた結婚ということになると？」

「そういう理屈になるんでしょうね」

「それなら――」サロメは顔を輝かせた。「私に妙案があるわ」

「妙案が……？」娘の態度の急変に戸惑う母親。

「そうよ。私たちが抱えている難題を一気に解決する妙案が――それには、母上の助力も必要なんだけど――」

「助力って？」

「刑を取り仕切る執行官は、母上とは同郷で、何かと眼をかけていた男でしょう？　あいつに命ずるなり、鼻薬を利かせるなりして、取り計らうようにして欲しいの――ミリアムと私をすり替えるように――って」

「え？　それじゃあ、あなたが《美女の箱》に？」

「そうよ。そうして、イアソンが私の入っているほうの箱を引き当てれば、掟によって、王も私たちの結婚を認めざるを得なくなるでしょう？」

「ちょっと待って、結婚て――」王妃は戸惑った。「あなた、奴隷剣闘士出身の一廷臣と結婚するつもりなの？」

「そうよ。奴隷出身と言うけれど、その点は大丈夫。彼には貴族の血が流れているのよ。イアソンの父親は海戦で敗れて、奴隷剣闘士に身を落としたギリシャ貴族だったの。身分帳で確かめたから、間違いはないわ」

「身分帳って――まさか、王様の許可がなければ見ることができない、あの門外不出の……」

「まあ、そうよ」王女は即座に話題を逸らした。「――それはともかく、重要なのは、貴族の血が一滴でも流れている男なら、王女の夫になる資格があるという事実なのよ。だから、ヘロデ王は自ら主宰する《女か虎か》で、掟に従って、大勢の国民観衆を証人として、貴族出身の廷臣が引き当てた王女との結婚を認めざるを得ない。そして、それはそのまま、イアソンがこの国の正当な王位継承者になるということを意味する……そうなれば、もうこっちのものよ。残酷で野蛮で醜い、あのヘロデ王に比べて、若く美しく逞しく思い遣りもあるイアソンのほうが、廷臣たちや民衆からも人気と支持を得るに決まっている。——だから、機を見て、私は夫をけしかけてやるんだ。そして、あの老猿王を追い落として、この国を私のものにしてやるんだわ」

「あなたは、つくづく……」王妃は溜息交じりに呟いた。「——恐ろしい娘だわね」

それを聞いたサロメはきっとなって、

「何を言っているの、母上？　心外だわ。これは母上の身のためにもなることだということぐらい、おわかりでしょう？　あのガリラヤ人の預言者の口封じの件で、母上をお助けしたことをお忘れ？　さあ、今度は母上が窮地に立たされた娘を助ける番よ。執行官には取り計らってくれるんでしょうね？」

「それはしますよ。しますけど……」母親は途方に暮れたような表情で、「お前がミリアムとすり替わったとしても、どうやって、イアソンに、そちらの箱の扉を引き当てさせようというの？」

「そこは、大丈夫、考えてあるから。——ミリアムを使うのよ」

「ミリアムを？」

「そう。あの娘、肌色は違うけど、背格好や眼鼻立ちが、遠目だと私に似てるから、私の影武者にしたらどうだなんて言われていたことがあったでしょう？　彼女を使って、私の身代わりをやらせるのよ」

「あなたの身代わりを？」

「ええ。あいつは、イアソンに色眼を使っているから気に入らないんだけど、他に私に似た替え玉になれるような女がいないのだから、仕方がないわ。私がミリアムと入れ替わって不在の間、闘技場の見物席の私の場所にミリアム自身を座らせるのよ。そして、イアソンが彼女の前を通る時に、どちらの箱の扉を開けたらいいか指示を出すように、あらかじめ言い含めておくのよ」

「それは、いい考えだと思うけど……そんなことをして、あなたの替え玉だと悟られはしないかしらねえ……」

「そこは、もちろん、化粧で顔を白くして、フードとヴェールで眼から下のミリアムの顔を隠して、ちょっと見には替え玉だとバレないようにするのよ。喋るのも駄目。咽喉《のど》を痛めたとか言って、母上が替え玉のそばにぴったりと寄り添って援護してくれなければ、これはうまくいかないと思うけど、それもやってくれるわね？」

「やりますよ、こうなったら、あなたとは地獄の底まで一緒に行くことになるんでしょうから……」

8

王妃と王女が国王を裏切る計画を立てていたちょうどその頃、娘から老猿呼ばわりされていたヘロデ王自身も腹心の部下である刑務官ゼイヤヌスと共に、邪悪な企みを練っているところだった。

「それでは王様は――」ゼイヤヌスが尋ねた。「どうしても、あのイアソンめを、人食い虎の餌食にしなければ、気が済まないというわけですな？」

「それは、そうじゃ」ヘロデ王は鼻息荒く言った。「何と言っても、奴は廷臣の分際で、サロメ姫を寝取った男。八つ裂きか斬首の刑にしてやりたいところだったが、前回のお前との話し合いで《女か虎か》の刑に処することにしたのだったからな」

「王様もそれでご納得されたので、そのように国民にも布告いたしました」

「ああ、その時は、それがいい案だと思ったのだが――」王は思案げにがっしりした顎を掻いた。「その布告が出た後、内務大臣の方から、あまり面白くない噂話を聞いてな」

「ほう、と仰いますと？」

「巷では、《女か虎か》の賭けが成立しとらんとか……」

刑務官は怪訝《けげん》な表情のまま黙って先を促した。

「賭け率が違い過ぎるとかで賭け屋が困っていると……虎の方に賭ける奴がおらんということなのだ」

「つまり、イアソンが女の箱の扉を開けるほうを、民衆は期待しているということで？」

「そうじゃ。もう博打《ばくち》の利益とは別のところに民衆の気持ちがいっているということだ。――それが何を意味するのかわかるか、ゼイヤヌス？」

刑務官は少し首を捻ったあと答えた。

「――それは、つまり、民衆にイアソン人気が高まっているということですか？」

「そうじゃ。民衆は、イアソンに美女を選んで生き残ってもらいたいと望んでおるのじゃ。問題はそれだけではなくてな――」そこでヘロデ王は話題を変えた。「ところで、虎と対の女の箱に入る乙女は、宮廷侍女のミリアムに決まったそうじゃな？」

「はい。サロメ王女様を除けば、この国一の美女はミリアムというのが、衆目の一致するところだったので、彼女の名前もすでに布告してございます」

「それが、また問題なのじゃよ」

「は？」

「ミリアムがどういう素性の娘か、お前も知っておるだろう？」

「それは……確か、ユダヤの祭司長カヤパの娘で……」そこまで言って、刑務官ははっとした。

「――なるほど、イアソンが生き延びて、この国一の美女である祭司長の娘と結婚すれば、ユダヤ民衆の新たな英雄が誕生する、と」

「そういうことじゃ。――これは、まだ先の話じゃが、もし、イアソンが祭司長の娘と計って、この国のユダヤ人の不満分子を纏《まと》めて、叛乱でも起こすようなことになったら……」

ゼイヤヌスは頷きながら、

「先日のガリラヤ人の預言者の斬首の件も、サロメ様のせいでも、ピラト様のせいでもなくて、ユダヤ人たちの告げ口のせいだと発表することにしましたね。あれも宮廷側の捏造《ねつぞう》だと感づかれているらしく、民衆――特にユダヤ人勢力にはひどく評判が悪かったと聞いております」

「うむ。ヨハネの奴は、貧乏人たちの間を熱心に説教して回っておったからな。それに、あの斬首をユダヤ人のせいにしたのは、ピラト様の差し金ではなくて、専らわしの一存で捏造したのだということになっとるらしい」

刑務官の顔色が変わった。

「ピラト様と言えば、イアソンはピラト様の推薦で宮廷に来た男でしたね。つまり、元々はあのローマ監督官との関係も悪くないはず。もし、その男が叛乱を起こしたら――」

ヘロデ王は忌々しげな表情で後を引き取った。

「あのローマ人の監督官にとっては、この国を治めるのが、半未開の王だろうと奴隷剣闘士に落ちぶれたギリシャ人貴族の末裔だろうと、ともかく統治領が安寧に丸く収まっとればいいわけじゃからな」

「確かに先走った話ですが、今のうちから禍根の芽を摘んでおくに越したことはありませんですな。――で、何かお考えが？」

「イアソンが必ず人食い虎を引き当てるようにする。刑罰を強要するのでなくて、英雄が自ら神に見放された不運によって死ぬのなら、民衆も納得するであろう」

「それは、そうですが……どうやって？」

ヘロデ王は午後の天気のことでも話すかのように何気なく言った。

「両方の箱に虎を入れられないか？」

「それは……」大胆な提案に一瞬絶句するが、すぐににやりと笑って同意する。「――可能です。虎は、体調不良など不慮の場合を考えて複数を用意してございますから」

「通例では、どのような手順で箱に女と虎を入れているのだ？」

「二つの箱は、後部で繋がっていて、そこは控えの間のような一つの部屋となっております。その控えの間内部には、それぞれ右と左の箱へ通じる扉があります。それからその控えの間への外部からの出入り口は後部に一つきりで、その先は、円形闘技場の西側通路に通じています。つまり、西側通路の上の見物席の観客は、箱――控えの間に入って行く虎の毛並みや美女の姿を、たっぷり見物できるという仕儀になっておるわけです」

「ふむ、では、闘技場に観客を入れてからでは、虎を二頭入れるわけにはいかんな。それに、美女の方も通路を通って控えの間に入らねば、不審がられることになる」

「まったく仰せのとおりで」

「ならば、観客が円形闘技場に来る前に、まず、一匹の虎をあらかじめ箱に入れておこう」

「なるほど。どちらの箱に入れておきますか？」

「そうだな……どちらでもいいが、取りあえず、箱の正面に向かって左側の方としよう」

「はっ。それから先は――？」

「観客を闘技場に入れることになる。そして、まず、西側通路を美女――ミリアムが通って、観客に顔見せをした後、控えの間に入り、それから右の箱の中に入る。――控えの間から箱に入る扉は、確か、わしが操作するんだったな？」

「はい。刑を執行する最終責任者は、何と言っても王様でございますから、そのような慣例になっております。――詳しくご説明しますと、まず闘技場の玉座の前に二本の紐がございます。その紐をお引きになれば、箱の上部の執行官のところの鈴が鳴って、控えの間から箱へ通ずる扉を外部から引き開ける仕掛けになっております。先端が赤い紐が右の箱への扉を、青い紐が左の箱へ通じる扉を開く合図に、それぞれなっております。その扉は青銅製の重い物なので、いったん閉まってしまえば、箱の中から開けることはできません」

「わかった。女――ミリアムを右の箱に入れるには、赤い紐を引けばよいのだな」

「左様で」それから刑務官はおずおずと訊いた。「そのあとに虎を――？」

「そうじゃ。とびきりの毛並みのいい人食い虎に西側通路を練り歩かせて、観衆を散々盛り上げた後、控えの間に入れ……」そこで王は半未開と誹《そし》られる所以《ゆえん》の残虐そうな笑みを浮かべた。「――そして、わしは、二度目の赤い紐を引くことにする……」

さすがの刑務官も「それでは、ミリアムも人食い虎に……」と言いかけて絶句する。

ヘロデ王は大儀そうに言った。

「仕方がなかろう。箱には正面の扉以外出口はない密室なのだから、観客に気付かれずにミリアムを逃がす方法はないんだろう？」

「それは、そうですが……罪もない娘を殺すことに……」

「罪がないかどうかはわからんではないか」今や猜疑心の虜《とりこ》になっていた王は熱を帯びた調子で言った。「ミリアムの父親はユダヤの祭司長カヤパだという話が今出たばかりではないか。カヤパは今のところ、わしに対して恭順の態度を示して、ミリアムを宮廷の侍女に差し出してはきているが、わしは、奴を信用しておらん。娘を宮廷に送り込んできたのも間者の役をさせるためかもしらんし、そもそも、私とお前でこの計画を立てているのだって、将来、イアソンと祭司長の娘が結婚することになれば、我が政権の脅威となる恐れがあると踏んだからではないか？　将来の禍根は芽のうちに摘んではと提案したのは、他ならぬお前自身だったのではなかったか？」

「まったく、仰せのとおりで」刑務官は恐れ入って早口で言った。「……しかし、ミリアムが死んだら、何と釈明を？」

　思考を巡らすことに疲れてきた半未開の王は癇癪《かんしゃく》を起こした。

「そんなことまで、わしに考えさせるな！　イアソンが人食い虎に襲われて、そちらの見世物に観客の注意が向いている間に、娘の死体を麻袋にでも入れて密かに箱から運び出して……後は、どさくさに紛れての事故だとか、別の日にでも疫病に罹《かか》ったので、すぐに荼毘《だび》に付したとでもいうことにして、カヤパに骨壺でも渡しておけばいいではないか！」

「ははっ。承知しました」

　刑務官は恐れをなして、お辞儀をし、退こうとした。それをヘロデ王が呼びとめる。

「待て」

「はっ。まだ、何か？」

「当日、箱の上で控えの間との仕切り扉を引き開ける執行官はペテロか？」

「はい、そのように決まっておりますが」

「奴は駄目だ。わしが、二度目に赤い紐を引く時は、ゼイヤヌス、お前自身が、扉を引き上げるんだ」

「私が……でございますか？」

「そうだ。ペテロは、妃の同郷で採用したが、刑の執行官としては、気弱なところがあるし、金で動くが口も軽いユダヤ人だ。この計画に奴を加担させることはできん。だから、ミリアムの箱に虎を入れる時は、わしの合図で、ゼイヤヌス、お前自身が、責任を持って、仕切り扉を引き上げるんだ」

「はあ……」

絶対的権力者は、部下の優柔不断な態度をもどかしげに一瞥しながら言った。

「なあ……将来の内務大臣よ、しっかりしてくれなきゃ困る。ここが《虎か虎か》計画の一番肝心なところだということを、ゆめゆめ忘れんようにな」

9

《女か虎か》の刑が執行される前日の午後、ミリアムは王妃の部屋に呼ばれた。

「ミリアム、お前が明日の《女か虎か》の美女に選ばれたそうだが……」

ミリアムは複雑な表情で「はい」と小さな声で答えた。

「それは中止ということになった」

「え？」

「罪人であるお前には資格がないということじゃ」

「罪人……ですか？」当惑するミリアム。「いったい、どういうことで？」

「わらわの部屋の箪笥から、絹のスカーフが消えた」

「それは……」

「わらわが不在の時に、お前がくすねたところを目撃した者がおる」

「そんな！」ミリアムは抗議した。「私は、そんな大それたことは、やっておりませぬ。——その目撃したという人はどなたですか？」

「誰でもよい。ともかく詮議をする間、お前は自室で謹慎しているように。それから、明日《女か虎か》で着ていく予定の衣装は、すべて揃えて返しておくように」

王妃が言い終わると、廷臣の一人がミリアムの腕を掴んだ。

「お妃様、私はやっておりません」必死で訴えるミリアム。「何かのお間違いです！」

「牢に繋がれないだけでも、ありがたく思え」と言うと、少し表情を和らげて、「だが、わらわにも、慈悲というものがある。お前があることを頼まれてくれれば、罪を許してやらないでもない」

「いったい、何をすれば……」

「サロメの身代わりじゃ」

「え？」

「当日、サロメはお前の衣装を着て、お前の代わりに《女か虎か》の一方の箱に入ることになった。いっぽう、お前の方は、サロメの衣装を着て王女に化け、観客席のわらわの隣に座るのじゃ」

相手の意図を計りかねて、答えられないミリアムに対して、王妃は駄目押しのように告げた。

「大丈夫。お前とサロメは容貌・姿形がお互いに似ておるから、ヴェールを着けていれば露見する心配はない。――な、やってくれるな」

「しかし……」

「嫌なら、お前だけでなく、父親の祭司長カヤパにも累《るい》が及ぶことになろうぞ……」

10

《女か虎か》の刑が執行される前夜の宮廷地下の土牢。じめじめして薄暗く、鼠《ねずみ》や虫が這いまわるような場所に、イアソンが繋がれている。

翌日に刑を執行される者だけが許される、比較的豊かな食事が終わって、イアソンが無聊《ぶりよう》をかこっていると、牢の鉄格子の向こうの薄闇の中に、明らかに看守とは違う小柄な人物が現れた。

相手の顔が見えない暗がりの中で、イアソンがその人物に声をかける。

「誰？　君は……ミリアム？」

しかし、その小柄な人物は頭を横に振った。「残念ながら、違うわ」

壁の松明《たいまつ》に照らされて現れたヴェールに包まれたその人物の顔を、目を凝らして見たイアソンは、驚きの声を上げた。

「姫君……どうして、こんなところへ？」

ヴェールの下でサロメの唇が微笑む。

「看守には慰労のために極上の葡萄酒を渡して、向こうで少し休んでもらっているの」それから、少し拗《す》ねたような口調で、「ミリアムの訪問じゃなくてがっかりした？」

「いや……」イアソンは戸惑いを隠せない。「そんなことはありませんが……まさか、姫君が来られるとは思っていなかったもので……」

「何を言う。すでに一夜を共にした仲ではないか。私よりミリアムの方がいいのか？　もう、あんなユダヤの侍女のことなど忘れて、私だけのことを想っていてくれてもよいではないか」

イアソンは直接答えることはせずに話を逸らした。

「その件で、姫君には、何のお咎めもなかったのですか？」

「王女のしたことが咎められるはずがなかろう」サロメはけろりとして言った。「それに、ヘロデ王は、私に首ったけでもあるのだから、なおさら、ね……むしろ、私へ向けるべき怒りはすべてお前の方に向いてしまったようじゃ」

「そうでしょうね」イアソンは自棄《やけ》のように言った。「あとは私が明日、首尾よく人食い虎に噛み殺されれば、すべては丸く収まると」

「お前は虎に噛み殺されることはない」

「え？」

「――そして、美女の方の扉を引き当てて、晴れて私と結ばれることになるのじゃ」

「それは……どういうことですか？」

「母上に頼んで、刑の執行官を抱き込んだ。明日、私は当初予定された女の代わりに《美女》の箱に入っている。後はお前がそちらの扉を引き開ければ――」

　イアソンは相手の言葉を慌てて遮った。

「――しかし、どちらの箱の扉を開ければ？」

「向かって右の箱の扉じゃ。それも執行官からすでに聞き出しておる情報じゃ。だが、念のために合図をする。当日お前は闘技場の東側通路から入ってくるのだろう？　その時、王の玉座のあたりを見上げてみよ。そこの升席《ますせき》の王妃の隣に私に姿形の似た影武者役の侍女がヴェールをかけて座っておる。その侍女がお前に合図を送るから……彼女が右を指差すのを確認したら、素直に右側の箱を開ければよいのじゃ。――さすれば、箱の中から私が現れて、王も掟に従って、私とお前の結婚を認めざるを得なくなる。……な、お前と同衾《どうきん》した夜も、そんな夢を語り合ったではないか。この窮地は、大逆転のチャンスなのだよ。お前は自分の野心を土牢の溝に捨ててしまったのか？　お前と私が夫婦になって、あの野蛮な老猿王を追い落として、この国を治めるという計画を……」サロメは最後に念押しのように言った。「――わかっておるな」

「はい……」と答えるしか術のない囚われの男だった。

王女は自分の話を一方的にして、相手の短い返事を聞き届けると、満足したように頷き、「明日を楽しみにしておるぞ」と言い置いて、くるりと踵を返し、足早に去って行った。

その後ろ姿が廊下の奥に消えるのを茫然と見送りながら、イアソンはあれこれ考えていた。

――自分は、王女の指摘通り、最初、眼の前に現れた人影をミリアムと間違えた。それは、両者の姿形が似ているからというのもさることながら、この土牢に繋がれてから、専らミリアムのことを想っていたからだった。

イアソンは王女と寝たことを後悔していた。そのために、こんな牢に繋がれる罪人になってしまったということもあるが、それ以前に、互いに好意を抱いていたはずのミリアムを裏切ってしまった気もしていたのだ。そんな苦境の中で、《女か虎か》の刑の《女》の役にミリアムが選ばれたという報せは、彼にとっての救いだった。自分は人食い虎に噛み殺されるかもしれないが、まだ、半分は、生き延びてミリアムと結婚することができるかもしれないという希望が残されているのだ……。

ところが、今しがた眼の前に現れたのは、ミリアムでなくて、サロメ王女だった。しかも、明日の《女か虎か》の《女》役は王女自らがなり、さらに、確実に生還・結婚への扉を開く術さえ教えていってくれた……この急転直下の大逆転劇は、自分にとって、喜ぶべきことなのだろう。しかし、イアソンの心の底には、これを僥倖《ぎょうこう》としきれない複雑な気持ちがわだかまっていた。

ミリアムとサロメ王女――自分は、この対照的な二人の女のどちらを本当に愛しているのだろう？　二人の女の姿形の美しさは、ほぼ互角と言っていいだろう。しかし、中身の方は好対照だった。大人しく従順で優しいが、その一方で、まっとう過ぎる物足りなさを感ずることがあるミリアム。勝気で奔放で時に酷薄と思えることもあるが、活き活きとして、男には抗いがたい妖艶な魅力のあるサロメ。

ミリアムと結婚すれば、平穏な自然体の、ささやかながらも幸せな人生が送れるだろう。サロメと結婚すれば、悲願である貴族の家柄の再興どころか、この国を支配することさえもできるだろうが、一方で、常に生死隣り合わせの波乱の人生を強いられることに違いない。

自分は、男としてどちらの女を選ぶべきか？　人としてどちらの人生を選ぶべきなのか……？

そんなジレンマに陥っている時、低い囁《ささや》き声が響いた。

「あんた、どうするんだい……？」

声の主の姿は見えなかったが、聞こえてきた方向からすると、隣の牢に繋がれている囚人が話しかけてきたのだろう。

「あの女の言葉を信用して、明日は生き延びようってつもりかい？」

「お前、聞いていたのか？」イアソンは土壁に向かって問いかけた。

「まさか姫君自らが牢を訪れるなんて驚きだったよ。だけど、あの姫君のお陰で、ヨハネの首がはねられることになったたって聞いていたもんだから、どんなことを言いに来たのか興味津々《しんしん》で、寝たふりをしながら全部聞いちまったよ」

イアソンは慌てて言った。

「他言は無用にしてくれ。せめて明日までは。もし自由になれたら、必ず礼はするから」

隣の囚人は低い笑い声を響かせた。

「大丈夫だよ。誰にも言い付ける気はねえよ。ここの連中には、いたぶられた恨みがあるし……それに、俺はヨハネ一派の信徒じゃねえ。洗礼も受けてねえんだ。ただ、あの男の説教がいろんな意味で面白えと思ったから、くっついて歩いてたら、信徒と間違えられて、側杖《そばづえ》を食って、ローマの駐屯兵に逮捕されちまったってだけだ。だから、ヨハネの斬首も特に恨んじゃいねえ。それに、当のヨハネも始末されちまったことだし、あんたの《女か虎か》恩赦で、明後日にでも釈放されると言い渡されているんだからな。余計な騒ぎを起こして、詮議立てとかってことになって、これ以上、このジメジメした土牢に留め置かれるような馬鹿なことはしませんや」

それを聞いて少し安心したイアソンは改めて訊き返した。

「あんたは、今、姫君の言葉を信用しないというような口振りだったが？」

囚人は問いには直接答えずに逆に訊き返してきた。

「あんた、姫君と同衾する前は、侍女のミリアムって娘と恋仲だったんだってな？」

「なぜ、そんなことを知っている？」

「地下の土牢ってとこは、上の方の噂話が、泥水の雨垂れのようにぽたぽた落ちてくるもんでね。今日は、姫君が裸で踊ったとか、侍女の誰それがそそうして葡萄酒の甕を割ったとかさ、誰が誰を好いて、誰を嫌ってるとかさ……看守も暇を持て余してるから、俺みたいに聞き上手の囚人には、退屈しのぎにいろいろ話してくれるんだ」

「ミリアムとのことは、不実だったと後悔している」

「いやいや、俺は信徒ではないし、道徳家ぶって、あんたを非難しようっていうんじゃねえ。男の本音で話せば、たとえ許婚《いいなずけ》がいたとしたって、あんな美しいお姫様に口説かれて、引きさがるのは聖ナントカさんみたいな禁欲・木石《ぼくせき》の類しかいねえと思うしさ。この国一の美女二人に挟まれるなんて、俺もあんたみたいな男前に生まれたかったよ。――だが、それが却って災いを生むことにもなるんだな」

「何を言いたいんだ？」

「そのもう一方の美女であるミリアムが《女か虎か》の《美女》の役に選ばれたそうじゃないか。――ってことは、あんたと一夜を共にした姫君にとっては、これは心中穏やかじゃねえわな」

「……それは、私がミリアムの入っている箱を引き当てた場合のことを言っているのか？」

「そうだよ。姫君の立場に立って考えてみろよ。自分の愛する男がその場で虎に食われるのを見るのか、自分の恋敵に奪われて幸せになるのを指を咥《くわ》えて一生見守るのか……どっちにせよ、恋人は自分のものにならないんだ。それなら、いっそのこと虎に……なんてことを、あの気の強い姫君なら考えかねないんじゃねえかと思ってね」

「しかし、姫は、自分が《美女》の箱に入って、私を導き助けると……あんたも彼女の計画は聞いていただろう？」

隣の囚人が鼻で笑うのが聞こえた。

「愉快千万な計画だが、一国の王女が一介の廷臣との『愛』なんぞのために、そんな危ない橋を渡りますかねえ……姫君は一方の箱を開けろとやけに強調していたが、彼女はどちらの箱にどちらが入っているのか知っていて、虎の箱の方を教えたんじゃないかと……あんたを侍女風《ふ》情《ぜい》には絶対に渡さずに、確実に虎の餌食になってもらいたいがための甘言だったんじゃねえか……って、ちょいっと愚考したまでで」

それを聞いたイアソンは力ない声で尋ねた。

「女が、自分の愛する男が手に入らないからといって……殺すなんていうことがあるのだろうか？」

「ん、まあ……」囚人は少し間を置いてから答えた。「──あの気の強い姫君に限らず、女一般は、愛こそすべてとかぬかして、男に『愛』という言葉を強要するけど、元々、愛なんてものは、人間がご都合主義で考え出した言葉、現実には移ろいやすいもので、とても不変だの信じるだのと言えるようなシロモノじゃねえと……これは俺の体験から申し上げていることだがな。愛とは、情と言うより欲の類《たぐい》だよ。それが高じれば、独占欲・支配欲というやつになる。――そして、それが満たされないのであれば、それこそ虎の餌にでもしてしまえ、と。強い愛を心に抱いているとかぬかす女ほど、そんな風に考えるもんじゃねえのかな」

「とても預言者ヨハネに付き従っていた者の言葉とは思えないな」

「そうよな」囚人は素直に認めた。「俺は現実主義者なんだ。だからこそ、俺は洗礼も受けなかったし……そのお陰で、首もはねられず、虎の餌にもならず、こうして牢から生きて出ることもできるという寸法だ」

「そうだな、あんたの言ってることは、神や救世主の箴言《しんげん》ではなくて悪魔の囁《ささや》きのように聞こえるよ」

今度は、看守にも聞こえるのではないかと思えるほど、囚人は、はっきりと笑い声を上げた。

「……こりゃ図星かも。それこそ、余計なことを言って、あんたを迷わせちまった悪魔みてえな男だと思うだろうな。――だがね、俺が本当の悪魔なら、もう一言付け加えるだろうよ」

イアソンは黙ったまま先を促した。隣の囚人は再び囁き声になって言った。

「俺は女の口にする『愛』だけじゃなくて、女の愛を信ずるという男なんてのも、信じちゃいないんだ——ってな」
そしてまた、引き攣《つ》ったような陰気な笑い声が暗い土牢に響いたのだった。

11

愛——という言葉が、サロメの頭に浮かんでいた。

《女か虎か》の刑が円形闘技場で催されるその朝、目覚めてから、サロメの頭に繰り返し『愛』という言葉が木霊《こだま》していたのだ。

——今日の計画を首尾よく成し遂げれば、一夜を共にした、愛する男と結ばれる。望んだ『愛』が成就《じょうじゅ》する……そのことが、女にとって、これほど嬉しく重要なことだとは、今朝になるまで思ってもみなかった。気丈で奔放な王女は、自分らしからぬとは思いながらも、この幸せな気持ちをベッドの中で噛みしめていた。

そこへ不意にヘロディアス王妃が現れた。

「サロメや、とってもいいお話があるの」と母親はにこやかな顔で言う。

「わかっているわ。今日の計画をうまくやり遂げれば——」

「いいえ、違うのよ」母親は笑いながらも困ったように眉根を寄せた。「——その替え玉計画は中止。もうそんなことする必要がないの」

「え、どういうこと？」サロメは驚いてベッドから半身を起こした。

「あなたの恰好《かっこう》の結婚相手が見つかったってこと」

「結婚相手……？」

「そうよ。今朝、太守のピラト様から報せがあってね。ゼガリア国の王子とあなたを婚約させてはどうかという打診が――」

「ちょっと待って。ゼガリアって……あそこの王子には婚約者がいたんじゃなかったの？」

「それがね、お可哀そうに、その婚約者のお姫様がひと月前に病没されたそうなのよ」言葉に反して母親の顔は嬉しそうである。「――それで、ピラト様が悲嘆にくれる統治領の王子を立ち直らせようと奔走なさってね。王子に、誰か妃に迎えたい女性の心当たりはないかと尋ねたところ、サロメ――あなたの名前が挙《あが》ってきたというわけなのよ。どうも、去年の夏の宮での舞踏会であなたのことを見染めてはいたらしいんだけど……あなたもゼガリアの王子のことは覚えているでしょうね？」

「ええ、覚えていますわ。素敵な殿下だったって……」

確かに、一度会ったら忘れられない類の印象深い相手だった。年齢はイアソンより一回り上だが、なかなかの美丈夫で、生来の貴族らしい優雅さと知性を備えている。昨年の舞踏会で紹介された時は、サロメも恋愛の対象として心動かされなかったと言えば嘘になるが、その時は相手に婚約者がいると聞かされていたので、無理押しはしなかった。だが、もし先約がなかったら、花嫁候補になりたいと、サロメでなくても女なら誰でも思うような優良男子であることには間違いなかったのだが……。

「ああ、あなたも気に入っているのならよかった」早合点した母親は胸の前で手を打った。

「――いえね、ピラト様は、今度のあなたの一件のことも憂慮されていてね。自分が眼をかけていた廷臣が王女を寝取ったことに責任を感じてらっしゃったのよ。それで、あなたの方も、身元の確かな、身分の釣り合った相手と早々に結婚してしまえば、こんな醜聞事件は起こらずに済むし、二つの統治領も安泰となるだろうと、賢くもお考えになったというわけ」

母親はベッドのそばまで歩み寄って熱心に口説いた。

「ね、だから、もう、あんな一介の廷臣のために、あなたの大切な身体を賭した危険な替え玉計画なんてする必要はないのよ。知らん顔をして、闘技場の貴賓席に座って刑が終わるのを待っていればいいの。そして、ゼガリア王子との婚約話をお受けすればいいのよ。――ね、今度だけはお母様の言うことを聞いてちょうだい。だから――」

「ちょっと待って」サロメは堪《たま》らず手を上げて母親の言葉を遮った。「いくらなんでも、この時に、そんな申し出を即断しろというのは、さすがの私にも無理だわ。酷だわ。ともかく独りになって考えたいから、しばし……一時《いっとき》だけ時間をちょうだい」

サロメの頭の中に『愛』に代わって『迷』という言葉が叢雲《むらくも》のごとく湧きあがってきていた。

サロメは幼少のころから迷いとは無縁の娘だった。自分が何を着たいか、何を食べたいか、誰を好いて、誰を嫌っているのか、迷わずに判断できると自負していた。

――その自分が、今、迷っている。二人の結婚候補者の外見・中身の条件は、ほぼ同じと言えた。将来的な生活の展望はゼガリア国の王子の方が楽で確実だろう。だが、確実ということなら、その一方で、数日前に自ら身体を開いたイアソンとの肉慾の甘美な記憶と感覚も、自分の中に今も深く確実に根を下ろしている。それに、この数日、自分以外の他者に思い焦がれて、様々な考えを巡らし画策をしてきたのは、彼への『愛』故のことではなかったのか。それが、遂に成就するその朝に、別の未知の『愛』に乗り換えるなどということが、許されるのだろうか？

　頭痛持ちのように額を押さえて顔を伏せるサロメの姿を見て、母親は黙って引き下がることにした。言い出したら聞かない子だということは、母親の自分が一番承知していた。そして、サロメが、必ず自分の人生をいい方向に切り拓《ひら》ける決断のできる賢い子だということも――。

　母親が退出したあと、自室で独りになったサロメは悩みに悩み抜くことになった。

――ああ、いったい、私はどうすべきなのか？　廷臣イアソンとの現在の『愛』を採るべきか、それともゼガリア王子との未来の『愛』を採るべきか……？

12

ヘロデ王の冬の宮からほど近いアントニアの谷の底に、ローマ風を模して造られた王自慢の円形闘技場は、満員の観衆を集めて昂奮の渦の中にあった。

西側通路の前にはすでに、凹形の《女か虎か》の箱が設置され、前座興行のアラブ人曲芸師の曲芸も終わって、今は、闘技場内に投げ込まれたイタリア花火が炸裂したり、波のような歓声が湧きあがったり、騒々しいことこの上ない。

そんな中で、ひと際歓声が高まった。遂に待ちに待った本日の主役――ギリシャ青年の囚人が東側通路にその姿を現したのだ。

その青年は、革のサンダルにオレンジ色のチュニックを着け、鮮やかな緑色の絹のマントをはおっていた。それは刑場に曳かれる囚人の恰好というより、これから戦車競技に臨むこの国の新たな英雄といった風情だった。案の定、観客席からは、「イアソン、イアソン、イアソン！」という、期待に満ちた歓声が浴びせられていた。

しかし、当のイアソンは、思いもよらぬ自分の人気を楽しんでいる余裕などなかった。服装こそ華美だったが、手には枷《かせ》を嵌められ、背後からは、刑の促進士に三日月刀の切っ先で追いたてられているのだ。そして、前方に待ち受けているのは、虎が出るか美女が出るかの、逃げることのできない一六博打《いちろくばくち》……。

イアソンは東側通路の出口に差し掛かったところで、立ち止まり、振り向いた。そのあたりに貴賓席があり、王の玉座と、その下段に王妃と王女が座る席が設けられていたのだ。

イアソンは、王族に敬意を表するお辞儀をする振りをして、王女の席の方を見た。そこには一人の女が座っていた。頭にはフードを被り鼻から下はヴェールで隠し、まるで喪に服している未亡人のような風情だった。

昨夜のサロメ王女の話によると、そこに座っているのは、彼女に似た影武者で、自分に安全なほうの箱がどちらか、合図で教えてくれるということだった。

イアソンは、ゆっくりとお辞儀をしながら、王女の席に座っている女の方を見るのだが、向こうからは、何かの合図を送って来る様子もない。イアソンは眼を凝らして、相手の表情を読もうとした。フードとヴェールの間から覗いている彼女の両の眼は、濃い化粧が施されていたが、そのアーモンドのような形は、確かにサロメ姫のそれと似ている。しかし、その視線は虚ろに宙を見詰めているだけで、何か合図のようなものを語りかけてくる感じはなかった。両の手もしっかりと椅子の肱掛を握ったまま動く様子もない。

――どうなっているんだ、なぜ合図をくれない？　何か計画が狂ったのか？

焦《じ》れたイアソンは、遂に自分の方から行動を起こすことにした。丁寧に二度目のお辞儀をする振りをしながら、枷を嵌められたままの左手親指を立てて背後を指した。つまり、向かって正面右の箱を示したことになる。そして、また、眼を凝らして、唯一の情報源である女の両の眼を見た。すると、反応があった。女は確かにイアソンの動作に気付き、他にはわからないように、無言のまま、微かに眉を顰《しか》めたのだ。

――これはどういうことなのだろう？　眉を顰めたということは、右の箱は駄目だと知らせているのだろうか？　確か昨夜、サロメ姫は右の箱に入る予定だと言っていたが、不測の事態で、今、右の箱には虎が入ってしまっているということなのだろうか……。

そんなことを考えているうちに、背後の促進士がイアソンの肩を押して促した。しかし、確信の持てない寄る辺なき囚人は、もう一度だけ貴賓席に敬意のお辞儀をする振りをして、時間を稼いだ。頭を下げながら、今度は枷の嵌まった右手の親指をそっと立てて、さりげない風を装って背後を指差す。今度は、正面に向かって左側の箱はどうなのかと問うたつもりだった。

下げた頭をゆっくり上げながら、王女の席に座る女の眼の動きを、再び注視する。――と、今度も、明らかに反応があった。女はイアソンと眼が合った瞬間、額に筋が走るほど、前回よりも深く眉眼を寄せて、両眼を閉じて見せたのだ。それは、瞬《また》きと言うより、長い時間の瞑目《めいもく》だった――事情を知る者には明らかに合図と受け取れるような……。

これを見たイアソンは、いっそう混乱した。女の動作は、先程より強い否定の合図とも解釈できる。――すると、やはり、虎は左の箱に入っているのか？

業を煮やした促進士が、今度は手ではなく、刀の切っ先で、イアソンの背中を突いた。もうこれ以上の時間稼ぎをして、合図の確認をするわけにはいかない。囚人は途方に暮れたまま、仕方なく、踵を返して、貴賓席に背を向けた。

地響きのような大歓声（と僅かな怒声）の木霊する闘技場の中を、わざと緩い歩調で歩み出すイアソン。彼の耳には「イアソンにご加護を！」という声援も「虎が正義の裁きを下すぞ！」という罵声も聞こえていなかった。彼は歩を進めながら一心不乱に考え込んでいたのだ。

――とにかく、昨夜、サロメ王女が話していた計画に何らかの狂いが生じたことは間違いないだろう。王女は確か、替え玉の女は手指でどちらの箱か合図を送ると言っていた。それが、今見た貴賓席の女は、両手で椅子の肱掛を握ったまま微動だにせず、その代わりに、こちらの注意喚起に対して眼で答えらしきものを送って来た。当初の計画通り手を動かして合図を送れなかったということは、それをすると傍から囚人に合図を送っていることがわかってしまうから。つまり、すでに王女の計画が関係者に漏れてしまっていて、外部からすぐそれとわかる合図を送れなかった。そして、その代わりに、正面から視線を見合わせている当事者しか知り得ぬ合図に変更したのだということなのかもしれない。

――それにしても、その眼の合図に関しても、よくよく考えると疑問が湧いてくる。自分は今しがた、貴賓席の女が最初に顔を顰めたのを『軽い否定』、次に更に強く眉根を寄せて眼まで瞑《つむ》ってみせたのを『強い否定』と解釈した。つまり、強く否定した左の箱の方に虎が入っているのだ、と。しかし、それなら、王女が入っているはずの右の箱を指し示した時、どうして、顔を顰めたりしたのだろう？　そちらの箱が安全であるなら、眉をひそめたりしないで、もっと別の表情――例えば目配せなど――をすることもできたのではないか？　更に考えると、『強い否定』の解釈の方も心もとなくなってくる。自分は彼女の瞑目を強い否定と受け取ったが、果たしてそれで正しかったのか？　一般に、人間が無言で否定の意を表す時は、首を横に振る。いっぽう、肯定の意を表す時は、首は縦に振られる。眼を瞑るという動作は、瞼《まぶた》を下げるということである――つまり上から下への縦の動き……彼女の眉根を寄せるほどのきつい瞑目は、実は、首を縦に振って頷く代わりの『強い肯定』の意を表したかったのではないか？　つまり、左の方こそ王女が入っている箱なのだ、と……。

――ああ、考えれば考えるほどわからなくなってくる……。

イアソンの頭の中で、貴賓席の女の、濃い化粧を施された両の眼が、様々な表情で去来した。そんな混乱の極みの中で、迷える囚人の頭の中に、ふと、新たな、まったく別の強い疑問が不吉な暗雲のように湧きあがって来た。

――貴賓席に座っていた、あの曖昧な眼の合図を送って来た女は、いったい誰なんだろうか？

13

観衆の昂奮が伝染したかのように、玉座のヘロデ王も、気持ちを高ぶらせながら、自慢の円形闘技場を見下ろしていた。

東の通路からギリシャ人の囚人が現れ、観衆の声がいっそう高くなる。そのほとんどが自分たちの新たな英雄イアソンに対する声援だった。刑務官や内務大臣と案じた通り、国民どもは、どうやら自国の王よりも裏切り者の廷臣のほうを支持しているようだ。

――しかし、連中は知らない。ヘロデ王は、ほくそ笑んだ。あの忌々しい囚人がどちらの箱の扉を開けたとしても、結局は眼の前で無残に虎に食い殺されるということを。そして、自分の手元の紐を引けば、もう一頭の虎が、背信のユダヤ祭司長の娘までも食い殺し、奴らの叛乱への野望の芽が、完全に摘み取られるのだということを――。

東通路を出たところで、囚人がこちらを振り向いて、深々と頭を垂れた。

――ふん、下賤な囚人の癖に、一丁前に貴賓席に敬意を表そうというのか……しかし、待てよ、あいつ、お辞儀をしながら、俺の足元に座っている王女の方を見詰めているじゃないか。何と未練がましい、図々しい奴。お前にはサロメどころか、代わりのユダヤ娘も手に入らんのだ。ともあれ、この事件は、わしにとって、いい契機であり、いい教訓だった。わしはサロメを娘としてではなく女として愛していたのがわかったのだからな……だから、金輪際、サロメは誰の手にも渡さんぞ……そして、あの美しく妖艶な娘は、ゆくゆくはわしの逞しい腕の中に……。

ヘロデ王が、そんな倒錯的な近親相姦の『愛』の妄想に浸っていたまさにその時、不意に傍らに現れた廷臣の一人が耳元で囁いた。

「王様、大変でございます」

「何だ、いきなり。驚くではないか」

「申し訳ございません。しかし、火急のことで……」そこで廷臣は他に聞こえないように、いっそう声を潜めた。「――王女様の監視に放っていた間者の侍女が、親王女派の侍女に捕まって監禁されてしまい、今朝がた、ようやく逃げ出して、たった今、私のところへ報告があったのですが――」

「何だ、早く要点を言え！　刑が始まってしまうではないか！」

「はっ。――それが、その《女か虎か》の刑の箱に入って行ったのは、どうやら、ミリアムではなくて、サロメ王女様自身なのだとか……」

「何だと！」王はつい声を荒らげたが、自分の足元を見て、再び声を潜めた。「……しかし、姫なら、今、わしの足元の席に座っているではないか」

「あそこに座っているのは、実は、ヴェールと化粧で化けた、姫君の影武者役の侍女なんです」

「確かにヴェールで顔が隠れていたが……」王は途方に暮れて、「――しかし、姫は何でまた、そんな馬鹿なことをしてるんだ？」

「イアソンとの結婚を国民たちの前で王様に認めさせるためでございます。イアソンにはギリシャ貴族の血が流れていて、王女の花婿候補の有資格者であり、また、《女か虎か》の刑で女を引き当てた者には、その場で王様自身が両者の結婚を認めるという以前からの掟もございます」

「そんなことは、お前に言われんでも、わかっておる！」王は憤然として言った。「姫は、そんなにしてまで、あんな廷臣風情と結婚したいのか。わしには、あの娘の気持ちがわからんのだが――」

そこで、待ってましたとばかりに、廷臣が囁いた。

「それが、大変な理由があるのでございます。姫君は王妃とも計って、あのギリシャ貴族の末裔と結婚し、ゆくゆくは、太守ピラト様などの後ろ盾も借りて、王様を追い落とそうという魂胆なのだとか……」

「何と！」ヘロデ王は天を仰いだ。そうした叛乱計画なら、十分心当たりがある。先日、腹心の刑務官とそうした不穏な未来を予測したのは自分自身だったのではないか。ただし、その時の、ギリシャ男との組み合わせは、サロメでなく、ユダヤ祭司長の娘だったのだが……そして、その叛乱の芽を摘むために、《虎か虎か》の謀略を考え巡らし、二頭の虎を用意して、叛乱の中心人物となるであろう二人の裏切り者を食い殺させる手筈になっていたのではなかったか――

――この自分の目の前の紐を引きさえすれば……。

そこで、王は自分の握った合図の紐に改めて眼を落とし、はっとした。

——もし、自分が今、これを引いたらどうなる？　あの箱に入った女がサロメなら、二頭目の虎に食い殺されるのは、王の倒錯した近親相姦愛の対象——愛しのサロメ王女ということになるのではないか。

——しかし、紐を引かなかったら……先ほど囚人が貴賓席を見詰めていたのは、王女の替え玉からの合図を読みとっていたのに違いない。そして、見事《美女》サロメを引き当てた囚人は、国民の前で王に自分と王女の結婚を認めさせ、新しいこの国の英雄——王の正統的な後継者と成り上がって——そして、それから……その時、ヘロデ王の頭に、はねられた自分の首を皿に盛って国民の前に晒し、勝鬨《かちどき》の声を上げているイアソン王と、その隣で残忍な笑いを浮かべるサロメ王妃の暗い幻影が浮かんだのだった。

観衆の声が一段と高まった。囚人が、遂に西の端の《女か虎か》の二つの箱の前に辿りついてしまったのだ。

——もう、時間はない。半未開の王は鈍い頭で考えた。この緊張で汗まみれになった掌《てのひら》に握られた紐を、引くべきか、引かざるべきか……。

そんな混乱の中で、自分の手元に眼を落としたヘロデ王は、またしてもはっとした。慣れない思考に頭を悩ませながら、いつの間にか二本の紐を握りしめていたのだ。端の赤い紐と青い紐の二本を……。そこで、王はまだ検討していない可能性があることに気付いた。確か、刑務官ゼイヤヌスは、端の赤い紐を引けば、二頭目の虎が《美女》の箱に入る扉を引き上げる合図となると言った。しかし、もし、赤でなく青の紐を引いたとしたら……二頭目の虎は、先に一頭目の虎を入れた箱に入り、そして……二頭の腹ペコ虎同士は、共食いを始めるか、それとも、二頭共闘して、箱の扉を開いた囚人に襲いかかるか……共食いとなった場合は、虎どもは箱から飛び出すこともなく、イアソンの命はほぼ確実に助かるであろう。青い紐を引きさえすれば、ともかくサロメ王女の命も助かるが、その先は……自分の将来が叛乱によって脅かされるという、先程の幻影が待ち受けていて……そんな未来予測は、ただの杞憂《きゆう》にすぎぬのかもしれんが、それにしても……ああ……。

——もう本当に時間はない。半未開の王は鈍い頭で、再び必死に考えた。紐を引くか引かぬか決断する前に、まず、わしの汗まみれの手に握られている二本の紐のどちらにするのかを、決めなければならない……赤い紐にするのか、青い紐にするのか……。

14

《女か虎か》の二つの審判の箱の前に立っても、まだ若き囚人は迷っていた。

彼の頭に新たな疑問が生じていたのだ。その引き金は、隣の牢に繋がれていた囚人の悪魔の囁きのような言葉だった。

――「一国の王女が一介の廷臣との『愛』なんぞのために、そんな危ない橋を渡りますかねえ……」

――奴は確かそんなことを口にした。自分は当初、王女の身代わり計画に何らかの齟齬《そご》が生じたから、貴賓席の女の様子がおかしいのだろうと推測した。

その計画の齟齬というのが、ひょっとして『計画の変更』ではなくて、『計画の中止』だったとしたら、どういうことになるだろう？　計画の直前になって情報が漏れて、外部関係者からの圧力によって、サロメ王女が身代わりの《美女》となる「危ない橋」の計画を中止せざるを得なくなったとしたら……貴賓席にいたあの女は、実は最初から替え玉などではなくて王女自身だったということになる。

計画の変更と言えば、また、こういうことも考えられる。隣の囚人は昨夜の話の中で「愛とは移ろいやすいもの」とも断じた。外部からの圧力なぞなくとも、もしも、王女自身が「移ろいやすい愛による」心変わりをして、処刑の規則の穴を突いて一廷臣と結婚し王位継承を狙うなどという「危ない橋を渡る」愚を避けたのだとしたら……やはり、あの貴賓席のヴェールの下には王女自身の顔があったことになる。

では、あの貴賓席の女が実はサロメ王女自身だとして、あの眼の合図について改めて考えると、どういうことになるのだろう。

自分はさっき、貴賓席の女の眼の合図に関して、最初の顰《しか》め面《つら》を『弱い否定』、次の瞑目を『強い否定』と解釈した。これを貴賓席の女がサロメ王女だったという前提で考え直したら、どういうことになるのか。

貴賓席の女が女王だとすると、箱の中の《美女》は当初の予定通り、侍女ミリアムということになる。それは、王女が、自身の合図によって、囚人に虎か美女かを選ばせることができる立場にあるということをも意味する。王女は美女が囚人に恋い焦がれていた自身の恋敵であるということも知っていた。となると、王女はどちらの箱の扉も開けさせたくないという気持ちを抱く可能性がある。

……最初の『弱い否定』の合図は、「ああ、そっちの箱にはミリアムが入ってるの。恋敵にむざむざとあなたを渡したくないから、開けては駄目」――という想いの表れなのではないか。そして、二度目の瞑目による『強い否定』の意味するところは、「ああ、そっちの箱こそ虎の箱なの。あなたが食い殺されるところなど見たくないから、開けては駄目」と言いたかったのではないか……。

……。

少ししてイアソンは、眼の合図に関して、今度は、顰め面を『否定』、瞑目を『肯定』と解釈した場合のことを思考の俎上《そじょう》に載せてみることにした。『否定』は「開けるな」、『肯定』は「開けろ」を意味するとして……貴賓席の王女は、どういう想いで合図を送ったのか？　こちら——男の立場で考えれば、普通なら、女が愛する男を死なせないために、《美女》の入っている箱の方を「開けろ」、《虎》の入っている箱の方を「開けるな」と指示するだろう——としたいところだ。

——しかし待てよ、その指示を出す女が王女サロメで、《美女》が恋敵のミリアムという図式では……あの誇り高くきつい性格の王女なら、恋敵に自分の恋人を渡すぐらいなら、あるいは、どの道自分のものにならないのなら、いっそ、虎の餌にして殺してしまえ——と考えはしまいか。そうなると、「開けるな」の指示の右の箱の中には《虎》が、「開けろ」の指示の左の箱の中には《美女》が入っているという直前の予想とは、まったく逆の現実が自分を待ち受けていることになる……。

……ああ、考えれば考えるほど、わからない……どっちが、どっちなんだ……？

二つの謎箱の前で悩み苦しむ囚人の頭の中に、再び、あの貴賓席の女の謎めいた眼の合図が去来した。あの王女のアーモンドのような美しい眼が……ん、待てよ、眼と言えば……イアソンはその時、まだ吟味していない可能性があることに気付いた。

彼が愛した二人の身分違いの女——王女と侍女は、僅かな肌の色以外、その容貌・背格好がとても似ていた。——特にアーモンドの形をした美しい両の眼……昨夜の土牢の暗がりでも恋人であるイアソン自身が両者を間違えてしまったではないか。

性格の面から事態を考え直してみると、確かに、サロメ王女は、恋人を他者に取られるくらいなら殺す途を選ぶかもしれないほど、激しくきつい性格の女性だった。だが、そのことは、一方で、自らが言い出したことは、どんな横槍が入ろうがやり通す『強《したた》かさ』を持つ稀な女性――だということにもなるのではなかったか。――もう一度考え直してみて、仮に、王女の当初の計画に何らかの齟齬が生じたとしても、彼女が強引にそれを遂行したのだとしたら、どうなるのだろうか？

――その場合は、やはり、王女はどちらかの箱の中にいて、貴賓席の女は、王女にそっくりな影武者の侍女だということになる。そして、恋人も間違えるほど似ている替え玉役の侍女といったら……ミリアム以外には考えられないではないか……。

――それなら、あの貴賓席の女は、ミリアムだったのか？　イアソンはもう一度、フードとヴェールの隙間から覗いていた女の両眼を思い浮かべてみた。しかし、濃い化粧の迷彩を施された眼の記憶像は、サロメのものともミリアムのものとも決しがたかった。

ともかくも、貴賓席の女はミリアムだったという前提で、再び眼の合図の解釈を試みてみる。まず、貴賓席の女がミリアムで箱の中の女がサロメだったとしても、二人が恋敵同士という図式は変わらないから、顰め面の『弱い否定』が指示したほうが《女》で、瞑目の『強い否定』が指示したほうが《虎》ということになる。――これは、王女が貴賓席にいた場合と同じ結論ということになる。

――しかし、顰め面を「開けるな」の『否定』の指示、瞑目を「開けろ」の『肯定』の指示と解釈した場合は、どう考えたらいいのだろう？　ミリアムはサロメと比べると、大人しく従順で心優しい女性である。サロメのように激しい自己主張を通そうというところもないと見受けられる。それなら、サロメのように、好きな男を恋敵に奪われるくらいなら虎の餌にしてしまえ――などという過激な結論には達しないのではないか。つまり、顰め面の「開けるな」の指示の先には《虎》が、瞑目の「開けろ」の指示の先には《女》が、それぞれ待ち受けているという、これまた、先の予想とは真逆の結果ということになる……。

――と、そこまで、考えを巡らせて来た時、再び不意に、昨夜の隣の囚人の言葉が、イアソンの胸に去来した。

――「愛が高じれば独占欲・支配欲となる……」

いくら大人しく心優しいミリアムとは言え、その胸に秘めた強い愛が独占欲にまで高まっていたとしたら……彼女とても、ギリギリの決断として、恋人を他に渡すくらいなら、虎の餌にしてしまえ――と高慢な王女と同じ結論を出すのではないか――まるで、追い詰められた小動物が猛獣に立ち向かうように……。

自身が猛獣に追い詰められた小動物のような心境に陥っている囚人の心に、またもや、隣の囚人の悪魔の囁きが甦ってきた。

――「愛とは移ろいやすいもの……」

――「俺は、女の愛を信ずる男なんてのも、信じちゃいないんだ」

悪魔の言葉の数々を思い出したイアソンは愕然とした——自分は今まで、貴賓席の女が、サロメ王女であれ、ミリアムであれ、眼の合図によって、自分にとって、正しい指示を出してくれているという大前提で考えを進めてきた。だが、それでいいのだろうか？　自分は彼女たちの『愛』を信じていいのだろうか。彼女たちの双方が、二人の女を同時に愛してしまった優柔不断な男に対して、こんな馬鹿げた刑に立ち会う状況を作り出してしまった囚人に対して、すでに嫌気がさしていて、『愛』なぞ感じていなかったとしたら……。

　彼女たちは、自分の指示で囚人が導かれることを知っている。彼女たちが不実な男を懲らしめようと思っているとしたら、彼が生き延びるのに正しい指示と解釈した眼の合図は、すべて、まったく逆の死へ直結する偽りの指示だったということになってしまう。つまり、いままで、延々思考を重ね出してきた結論が、すべて、まったく逆になってしまうという悪魔の大逆転のような可能性が……。

　楽隊がファンファーレを鳴らし、太鼓がドロドロとロールする。そして、観衆の喚声とイタリア花火の破裂音がいっそう騒々しく円形闘技場内に響き渡る。それが合図でもあるかのように、背後の促進士が三日月刀の切っ先でイアソンの背中をチクリと突いた。

　もう時間はなかった。

　迷える若き囚人の頭の中でも、謎《リドル》の花火が炸裂し、謎《リドル》のファンファーレが響き渡っていた。

——貴賓席の女は、王女サロメなのか、侍女ミリアムなのか？　眼の合図は、「開けろ」の指示なのか、「開けるな」の指示なのか？　彼女たちは、自分をまだ愛しているのか、愛していないのか？

そして、これから開けようと手をかけた箱の扉から出てくるのは――

――女か虎か……。

―― Fade Out ――

群　れ

The Swarm

1

本部ビルの最上階は、渋谷ハチ公前交差点を見下ろす展望ラウンジになっていた。私と同僚の影山《かげやま》は向かい合って座ると、飲み物を注文した。影山は口をつぐんだままだったが、おもむろに窓の外を指さして、階下を見下ろすように促した。

私は何のことかわからないながらも、言われた通りに、交差点を行き交う人々にぼんやりと眼を落とした。

少しして変化に気付いた。

最初はランダムに集まり動いているように見えた交差点を囲む人々が、少しずつ群れをなし塊となっていくように見える。しかし、それらの群れは既成の団体や知り合いの類ではなかった。ある日ある時、たまたま交差点で隣り合った同士が、互いに言葉や合図を交わすこともなく、その距離感だけで単純に集団をなしたというような……。

見ているうちに、群れは、次第に個性を備え始めた。長方形に隊列を組んだもの。三角形になったもの。V字形に編隊を組んだもの。綺麗なドーナツ形や五芒星《ごぼうせい》になったもの……。

信号が赤から青に変わる。

群れは一斉に交差点を渡りだした。群れはまるで一個の個体のように振る舞い、形を崩すことなく、他の群れとも衝突も接触もすることなく、見事にすれ違いながら、交差点を渡りきった。群れの成員一人一人の一点を見つめる表情、顔の向き、動作、歩調も完全に一個の個体のように同期《シンクロ》している。

そんな風にしてドーナツ形の群れは道玄坂方向へ、五芒星は青山方向へ、V字形の群れは、明治通りを恵比寿方向へ、それぞれ毅然とした確信ありげな歩調で去っていく。

まるで、まるで……北朝鮮の全体主義的マスゲームと南米のカーニヴァルを合体したかのような奇態な光景。いや、ここは、平壌《ピョンヤン》でもリオでもない。東京のど真ん中の渋谷ではないか……するど……そうか！　これは、何かの新製品の宣伝に違いない。そう、コマーシャルの撮影かもしれない。どこか見えないところに撮影クルーがいるのだろう……。

私はその考えを、向かいの席で同じように一部始終を見ていた影山に言おうとした。

「あれは、何かの宣伝だよな――」

「いや、違うって」影山は少し苛立った口調で言った。「お前は感覚が鈍いから、まだわかっていないんだ。――その時が来たんだよ」

「え？　その時……」

「ああ、あの遠い呼び声が聞こえないか……」影山は虚ろな目で虚空を見つめた。

そして、私の腕を強く摑むと言った。

「我々も遂に、群れるときが来たということなのさ」

2

三ヶ月前。晩秋。千葉県Kヶ浦。

同僚の影山と私は釣りを楽しんでいた。

私の浮子《うき》が微かな反応を示したとき、頭の上を影がさっと通り過ぎた。私は釣竿を置いて、そばに置いていたカメラを構え、望遠レンズの筒先を飛びゆく影に向けた。すぐさまシャッターを切る。一枚、二枚、三枚……これなら見事な雁《カリ》のV字編隊飛行の連射写真が撮れたことだろう。

南西方向に飛び去る褐色のV字七羽の編隊を見送りながらにんまりしている私を見て、影山が呆れ顔で言った。

「おい、落ち着かんな。釣りをやりに来たのか、バードウォッチングに来たのか、わからんぞ」

「釣り……と言いたいところだが、俺は昔からあの雁の綺麗なV字編隊飛行を写真に撮りたいと思っていてね。そろそろ渡ってくる時節だと思ってここを選んだんだが、ドンピシャでいい写真が撮れたよ」

「そんなにV字編隊飛行に興味があったのか?」

「うん、どうしてあんなに綺麗なV字を維持して飛べるのかと。それに、なぜV字なのかと不思議に思ってね?」

「それはもっともな疑問だな」影山がいかにも答えを持っているかのように身を乗り出してきた。

それもそのはず。影山は生物研究所の研究員で、生物の群れの行動については、専門分野だったのだ。

我々の勤務している会社スワマノイド社の社名の意味は、群れ型ロボット――ということ。文字通り、小型のロボットが、ある物は目や耳になり、ある物は手足となり、またある物は合体して橋となり――といった役割を担う、群れ型ロボットの共同作業に関する事業を開発・展開している。いっぽう、影山の勤める生物研究所は、わが社のロボット製作部門に隣接していて、昆虫や鳥や魚など、あらゆる動物の「群れ」行動を研究していて、群れの利点、反応、伝達、規則など、有用なものを端からプログラムに応用することを目指していた。

ついでに言っておくと、このロボット製作部門は、現在はわが社の稼ぎ頭ではない。NASAへの売り込みが失敗して以来、わが社では別の部門が取って代わるように急成長していった。――それは視覚効果部門。映画『コード・オブ・ザ・リング』の戦闘シーンの映像化を任された際、視覚効果部門の技術責任者は、二百人くらいのエキストラをコピー&ペーストする通常のやり方でなく、エージェントと呼ばれる何万人ものヴァーチャル俳優を作り出すことにしたのだ。

戦士としてプログラミングされたエージェントは、近くに敵がいれば、斬りかかり、爆発音がすれば、他のエージェントと同じようにそちらを振り向いた。彼らは見事に個として戦い、同時に群れとして反応した。生物研究やロボット製作でのプログラミング技術がここに生きることとなった。『コード・オブ・ザ・リング』の二万対二万五千の闇と光の軍団の生き生きとした戦闘シーンは評判を呼び、オスカーの視覚効果賞も獲得して、以後、ハリウッドからその手の注文が殺到することになる。

しかしまあ、影山らの生物研究部門は、浮世離れしているから、そんな社内の勢力地図の変化など意に介することもなく、相変わらず、イワシやムクドリの群れ行動の観察結果を記録し続けていたのだが。

「鳥が飛ぶとき、翼の上下で圧力差が生じ――」影山がV字編隊飛行について解説を始めた。「その圧力を補正するために翼の先端部に上昇気流が生じる。この気流は、別の鳥が適切な距離で飛んでいれば、彼の翼にとって有利に働くんだ。つまり、鳥は、並んで飛べば互いに少しずつ助け合うことができるというわけ。それで、編隊を組んだ場合は、単独で飛ぶときより七十一パーセントも飛距離を伸ばすことができる。Vの字になるのは、その形が個々の互助で一番不公平感が少ないからなんだ」

「なるほど。雁は俺たちに華麗な航空ショウを見せびらかしているわけではないと」

「うん、物事には道理があるということさ」

「それにしても、わからないのは、その見事な組織化は、どういう意思疎通で行なわれているのかということだ」

「ん？」影山は興味を惹かれた時の癖で眼鏡の縁に手をやった。

「――つまりさ、人間が操縦・指揮する飛行機の編隊飛行だって、ああうまくはいかんだろう。あの雁のV字の尖端がリーダーなのか？」

「いや、そうではないんだなぁ」影山は本格的に話を続けるつもりか、自分の釣竿も置いてしまった。「あの尖端の位置は浮力的に有利なので、経験の浅い雁が位置どることが多いとの報告がある。そして、その有利な位置も公平に――交代によって変わるんだ」

「誰が決めて、どう伝える？」

「うむ」自信家の影山が珍しく途方に暮れている。「V字編隊の端からは先頭の合図は見えないわなあ……」

「声や動作の他に、特別の合図でもしているのか？」

「雁のような渡り鳥は地球の磁場に敏感で、その助けで行くべき方向を探しているようだから、電磁気に反応しているのではとする学者もいるが――」

「有望な説なのかい？」

「ああ、電磁気信号なら、良質な媒体である海水中をさらに早く伝わるから、小魚の群れの俊敏な群れ行動の説明が付くものと思われている」

「思われているというのは確証が得られてないいんだろう」

影山は小刻みに頭《かぶり》を振った。

「群れの意思決定の手段伝達の驚くべき速さについては、まだ、定説は生まれていない。天敵に気付いた水鳥が一斉にそちらのほうを見たり、何百というホシムクドリが一瞬のうちに、互いにぶつかることなく、一羽の大鳥のように旋回したり、何千ものイワシが、やはり瞬時に光る腹を見せて方向転換したり……それらの個体と群れの意思伝達の速さ正確さは、尋常の理論では説明が付かないとする学者もいる。そういう連中は、それを《思考転移》による、と言ってみたり――」

「あ？」

影山は言いにくそうに答えた。

「《思考転移》……なんなら、《テレパシー》って言い換えてもいいんだぜ」

「ああ、なるほどね、そういう落としどころか。……それなら、《集合的無意識》とかって言い方にしても当て嵌まりそうだな」

「ユングか。大学院では心理学科だったな」

「おかげで、今じゃ、人事部で出社拒否社員相手にカウンセラーまがいのことをさせられている」面白くもなさそうに答える。「俺も研究所に行きたかったよ」

影山ははぐらかすように答えた。

「《集合的無意識》にしても、仮説の域を出ていないんだろ?」

「心理学なんてみんなそんなようなもんだ」私は疑似科学ついでに話題を転じた。「動物が人間より鋭い感覚器を持っているということでいえば――先日の渋谷の鼠《ねずみ》事件、あれ、どう思う?」

渋谷の鼠事件というのは、先月初旬の深夜、世田谷・渋谷区一帯を震度四クラスの直下型地震が襲った際、その直前に渋谷飲食店街の鼠たちがまるで予知でもしていたかのように湧き出したのが目撃されたという事件だった。

「ネット上で、あれをレミングの集団自殺みたいに囃《はや》し立てて大災害が来る前兆だと言っている連中がいるんだが、専門家の意見はどうだい?」

影山は頭を振りながら即座に答えた。

「まず、有名なレミングの集団自殺は、最近の学会では都市伝説の類と見做《みな》されている」

「そうなのか？」

「あの北欧の齧歯類《げっしるい》は、あるサイクルで個体数が異常な幅で増減するんだが、その増えた時に海の向こうの新生活域へ渡ろうとして、その際に、いくつかの個体が溺れて事故死するといわれているが、それがたまたま自殺に見えるわけで、大規模な集団自殺の明確な記録はない」

「そうだったのか……しかし、それにしても、新生活領域を目指す途上で溺死者が出ても構わずに突き進む、群れの……なんというか……掟というのは強固なものなんだな」

「確かに。自殺目的ではないにせよ、レミングの群れ行動のルールは強いほうなんだろう。──ところで、動物の地震予知のほうは、信じている学者もいるぞ」

「へえ」

「二〇〇四年のスマトラ沖大地震では、象が察知して鎖を引きちぎって逃げたというし、阪神淡路大震災の時も、カラス、鶏、鳩、犬、猫、ボラなどの群れの動きの異常が報告されている。七〇年代の中国では、住民からの動物の異常行動の報告を地震局が真面目に取り上げ、地震予知・警報を速めたために、被害が少なくて済んだという報告もある──これはまあ、どこまで信憑性がある話なのかわからんがな……」

「ウチの研究所はナマズの群れは飼ってないのか？」と冗談を言ってみた。

影山は破顔して、「地震予知の研究にまでは、手が回ってなくてな。有望な事業になるなら手を付けてみるが──」

「地震予知をした途端、作業を放り出して逃げ出すロボット集団というのじゃ駄目だぞ」

二人はこの冗談にひとしきり笑ったが、私はふと思いついたことを口にした。

「ところで、動物というのは、なぜ群れるのかな？」

「そりゃ、答えは決まっている――生き延びるため、天敵から身を守るためだ」

「ああ……食物連鎖――捕食の頂点にいる我々にはわからないことだな」

「群れでいれば、誰かの目が利いていて、忍び寄る天敵を察知しやすいし、それだけゆっくり餌を食べることができるというわけだ」

「動物も生きるのに必死なんだな。人間の群れとは大違いだ」

「人間の群れ？」

「そうだよ。みんながやってるからなんとなくそうするという連中――」

「ああ、評判のラーメン屋や寿司屋に列をなすような連中のことを言ってるのか」

「特に日本人は、ね。例のイタリアの豪華客船座礁事故の時だって、世間ではこんなジョークが言われていたぜ――パーサーが各国乗客を海へ飛び込むよう誘導するとき、アメリカ人なら『今飛び込むとヒーローになれますよ』と言う。中国人なら『美味い魚が獲れますよ』と言えば喜んで飛び込む。ドイツ人なら『ルールですから』と言うだけでいい。日本人なら――」

「――『みんなが飛び込んでますよ』か」と引き取った影山に笑顔は薄かった。「まあ、そこまで日本人を卑下することもないだろう」

「そうか？」

「そうさ。日本人にしたって外国人にしたって群れたがるもんさ。――端的に会社組織がそうだろう。個は弱い。少しでも多くの餌を買える安定した財貨が欲しいから会社に群れる。その後も、あらゆる天敵――倒産、乗っ取り、労災、老後の保障、不当な労働条件から身を守りたい……だから、いっそう互いに身を寄せ合って、群れていなけりゃならない……」

「なるほど、天敵、な」私は相手の理路整然とした論に兜《かぶと》を脱いだ。「あがいてみても、俺たちだって所詮は群れの一部なわけなんだ」

寒くなってきたので、釣り具を仕舞うことにした。

3

「そうですか……こちらにも出社している様子はないし……ともかく、もう少し様子を見てから警察に届けることも考えましょうか」

――と言って、電話を切った。通話の相手は商品管理課舟橋《ふなばし》和人《かずと》の妻だった。昨夜から夫の行方が分からないのだが、そちらに出社していないかというのだ。調べたところ舟橋は出社していなかった。

舟橋は長期欠勤者だった。ひと月前に正規の医師による鬱《うつ》病の診断書を提出して以来、出社していない。私も仕事柄、彼と面談していたが、本人は「漠然とした不安感があって、仕事もやる気が出ない」と言うばかりで、こちらとしても会社を休ませて静観するしかなかった。舟橋の妻は「時々、こんなふうにふらふらするんだから」と努めて意に介していない風を装っていたが、会社としても、なるべくなら警察沙汰にはしたくない。

さてどうするかと、思っていたところへ再び電話が入った。今度は、宣伝課の河本博《こうもとひろし》の妻からだった。「あのう……河本が、ひょっとしてそちらへ出社していないかと思いまして……」心臓が高鳴った。事情を聴いてみると、やはり昨日来行方が知れないのだという。そして、二人の背景も似ていた。河本も二週間前に鬱病の診断書を提出して、長期休職を申し出ていたのだ。彼との面談の結果も舟橋の時と同じ「不安感と無力感」を訴えるのみ。

狭い規模の事業所で、二人までも鬱病欠勤者を出してしまうのはまずい。私は原因を探るべく二人のキャリアのファイルを調べた。しかし、共通点らしいものは何も出てこない。二人は同期でなく、年齢も二十歳近く離れていた。当然、友人関係にあったということもなければ、二人が同じ事業案件に取り組んでいたという事実も見つからなかった。

「どうしたらいいんでしょうか?」電話口の向こうで、河本の妻が不安げに言う。私は仕方なく「まだ日中でもあることだし、もう少し様子を見て、その後警察に届けを出したら」——というい舟橋のときと同じ答えでお茶を濁した。

午後になって、この件に意外な方向から進展があった。

上役のお使いで銀座へ買い物に行っていた同僚の石野《いしの》明美《あけみ》が、私のところへ来て囁いたのである。

「ちょっと、黒田《くろだ》さん、大変なのよ、見ちゃったのよ」

「見たって、何を？」

「ほら、鬱で長期休職の舟橋さんと、河本さん」

「え？　二人が？」石野は二人の失踪を知らないはずだが、ともかく喋らせてみる。「どこで？」

「鳩首堂《きゅうしゅどう》で買い物をして、銀座通りへ出た途端、歩道の人通りの中に舟橋さんの顔を見たのよ。ほら、あの人、特徴的な長い顎をしているでしょ。だから、すぐわかった。――それで、私も人事部で相手と面識がないわけじゃなかったから、『舟橋さんっ』て声をかけたら――」

「うんうん」

「みんな一斉に、こっちを振り向いた」

「え？　みんな一斉に――？」

「そう……」石野が急に当惑した表情になって、「舟橋さん、一人じゃなかったのよ。何かの集団に属していて、私は舟橋さんに声をかけただけなのに、その集団全員が自分が呼ばれでもしたように、こちらを振り向いたの……それで、さらに驚くことに、その振り向いた別の顔の中に河本さん……やっぱり鬱で休んでる——あの人の小太りの顔もあったのよ！」

「それはことだな。長期で休んでいる二人がいたとは……で、その集団の様子は、どんなだったんだい？」

「あとから全体を見て気付いたんだけど、隊列を組んで行進していたわ」

「隊列？　どんな？」

「V」

「V？」

「そうよ。Vの字の頂点には、隊長さんみたいに、長髪口髭の長身の人がいて、あとは、三人ずつ二列になって、その頂点から伸びる翼みたいに付き従っていた。舟橋さんは左の翼、河本さんは右の翼の一角にいたわ」

「服装は？　どういう集団かわかるようなロゴとかワッペンみたいのしていなかったかな？」

石野は少し悪戯《いたずら》っぽい口調になって、

「あ、わかった。カルト……新興宗教関係だと思ってるのね？」そこで記憶を手繰《たぐ》るように天を仰いで、「えーと、服装はバラバラだし……そんなロゴとか印になるようなものはなかったなあ。プラカードや横断幕も持っていなかったからデモでもないし、声も発せず、私の呼びかけに振り向いた後は、また前方に向き直って、一点を見つめて、軍隊のように規則正しく行進を続けて、築地のほうへと消えて行った——」

「それだけ？」

「はい。それ以上取り付く島もなかったもので、私だけでは……無理矢理に引き留めるわけにもいかないし、それだけにして帰ってきちゃったんですが、よかったでしょうか？」

「うん。もちろん、君だけの力で無理に引き留めることもできなかったろうから、それでよかったと思うよ」

「あの……やっぱり、新興宗教か新手のセラピーみたいなものですかね？」

「それをこれから調べてみることにするよ」

それから手持ちのそちら方面の資料やファイルを調べたりネットで検索をかけたりしてみたが、いっこうに、埒《らち》が明かない。仕方なく、警察のしかるべき部署に連絡して、事情を話し、最近目立っているカルト宗教などはないかと問い合わせてみたが、こちらも明快な答えは返ってこなかった。

その後は、一応家族に当たってみた。まず銀座での目撃情報を報告してから、尋ねた——最近、新しいセラピーの類を受けたか、あるいは新興宗教に関係を持つようなことがあったか。あるいは、舟橋と河本とで、お互い私的な接点はあったのか……しかし、いずれの問いも、家族の答えはノーだった。

それで私の調査は、とりあえず暗礁《あんしょう》に乗り上げた形となった。

——ただし、それが人間のことでなかったとしたなら……もしこれが、動物全般のことであるとしたら……私の頭の中には、南西を目指して粛々《しゅくしゅく》と飛ぶ雁のV字飛行隊やら、築地を越えて海に殺到するレミングの群れ――などという妄想じみたイメージがちらついていたのだった。

4

「《群れ型ロボット《スワマノイド》》が盗難にあったんだって?」

――と尋ねると、影山は言下に否定した。

「総務にゃ、今のところはそう伝わっているのか。確かにスワマノイドの旧型HXQ143が二十四台消えた。――しかし、盗まれたのではない」

総務で社員失踪騒ぎのあった翌日の本部ビルには、それとは別の事件の噂が蔓延《まんえん》していた。昨夜のうちに数十台のスワマノイドが製作部から消えた(盗まれた)という話が取り沙汰されていたのだ。その件について本部からは、まだ何も正式な発表はなかった。明らかにされるのは、多分、定例の午後の全体連絡会議でのことだろう。

私はちょうど会議のため本部へ来ていた影山を摑まえて訊いた。

「お前、研究所勤務で製作部とも近いから、詳しいこと知ってるだろう?」

影山はあっさり頷いた。

「どうせ、連絡会議で多少のことは明かされるだろうが、どこまで情報がリリースされるかわからないからな――おい、どこか空いているモニター室はないか？　見せたいヴィデオがあるんだ」

セキュリティー関係の部屋を使うわけにいかなかったので、第二応接室に内鍵をかけて使うことにした。

「これは今のところ部外秘ということになっていて社内の一部のみで扱われているものだから、連絡会議での通達にもよるが、一応、今のところ、見たことは他言無用にしておいてくれ」

そう前置きしてから、影山はヴィデオをセットした。

「これは、製作部のスワマノイドを保管してある倉庫の監視カメラの映像だ」

最初は砂嵐《ストーム》画面が続いていたが、すぐに保管庫の暗い映像が映る。

金属の什器《じゅうき》のようなものの上に、スワマノイドが数台載っているのが見える。スワマノイドは、基本は、約二十センチ四方の平べったい胴体に六本の脚を持つ昆虫型なのだが、それぞれ、人間の能力を部分的に担っているために、個々の形は多少異なっている。たとえば、目と耳の役をする《目耳《アイヤー》》は高性能のカメラと集音器を搭載していたし、《手《ハンド》》や《腕《アーム》》は、それぞれ名前の通りの機能を生かした作業をするような機器を搭載していた。

最初の数分は、照明が落とされた中、ロボットたちは動かない。しかし、程なくヴィデオのランニングタイムが午前三時を過ぎた時に、ロボットたちの頭部で緑のランプが点灯する。

「スワマノイドの主電源が入った」と影山が言った。

「誰かが操作したのか？　それとも自動的に？」

「さあ、そこなんだよな。製作部でも議論が分かれているのは……普通は、主電源を入れるのは人間だ。機械が自分で自分に電源を入れることはない……だが、スワマノイドは、一方で、最新の自主学習プログラムを備えている。だから、いつの日か、タイマー入力操作に気付いたスワマノイドが、自分で夜中に電源を入れる算段をしたとしても理論上はおかしくない……という驚くべき仮説を唱える研究者もいるくらいなんだ」

そうして二十数台のスワマノイド全部に電源が入ったところで、最初に仕事を始めたのは、《橋《ブリッジ》》と呼ばれる一連のユニットだった。これは、自ら何組かで合体して、群れが前進できないような段差や穴の上に差し掛かり、文字通り《橋》の役目をするロボットだった。細長い《橋《ブリッジ》》は合体してさらにその全長を伸ばし、什器の棚から床までのスロープを作った。その上を、昆虫のようにちょこまか動く《目耳《アイヤー》》や《手《ハンド》》たちが、伝い降りていく。

そんな風にして、群れの全員が床に降りたところで、今度は、保管庫の出入り口のほうを目指して動き始めた。

「スワマノイドは自分から出口に？　やっぱり、誰かに操作されているんじゃないのか？」

影山は慎重に言葉を選んだ。

「今のところ、そういう証拠はない」

「しかし、パスワードを入れなきゃ、あそこの扉は開かないだろう？」

「まあ、もう少し見てたらいい」

移動して出入り口の開閉パネルの下まで来たスワマノイドは、再び《橋《ブリッジ》》に役割を渡した。ユニットが合体し、たちまち、床からパネルまでの梯子《はしご》が出来上がる。そこを先ほどとは逆に《目耳《アイヤー》》や《手《ハンド》》が這い登っていく。

開閉パネルに張り付いた二台のロボットは、自分たちの作業を始めた。《手《ハンド》》が数字の並んだ金属のキーを押し始める。すぐ上の液晶パネルに数字が並んでいくのが、監視カメラの映像からも確認できた。

３５９＊＊……

映像からは何の音声も特別な動作も認められないが、《手《ハンド》》のそばに寄り添っている《目耳《アイヤー》》が電磁波で、何らかの指示を出しているに違いない。

「《目耳《アイヤー》》は、パスワードを記憶しているのか？」

「人間の作業員がやっているところを見ていて、記憶ファイルに保存したということは十分考えられる」

影山の言葉通り、《目耳《アイヤー》》に操られた《手《ハンド》》は八桁のパスワードを正確に入れ終え、ピーという微かな電子音と共に開閉パネル上部の赤ランプが緑のランプに替わった。

——そして、保管庫の扉が音もなく開いた。

それを確認したところで、ロボットの群れは、先ほどの逆を粛々と繰り返す。《橋《ブリッジ》》を伝い降りた《目耳《アイヤー》》や《手《ハンド》》は、扉の前で、隊列を立て直すと、さも当然のように堂々と出て行ったのだ。

「スワマノイドが同様の手口で製作部の通用口から外界へ出ていくヴィデオもあるが、見るか？」と影山が訊いてきた。

「いや、同じことなら、いい。——さっき、何者かの遠隔操作の証拠はないと言ったが、すると、この現象はどう解釈したらいいんだ？　製作部はどういう見解を示しているんだ？」

「まず、製作部でも盗難の線を唱える者はほとんどいない。第一、前にも言ったが、HXQ143型は、NASAへの売り込みにも失敗した旧型だ。わが社では、すでに次世代型を開発中だし、最新技術を盗みたければ、他に対象は沢山ある。それに、普通は、製品じゃなくて、データに手をつけるんじゃないか？　わざわざHXQ143本体を盗み出すメリットはほとんどないんだ。いずれ人事へも調査依頼があると思うが、製作部の人員の人物ファイルは既に精査済みだ。部内に技術を盗むメリットがあると思われる奴はいない」

「盗難でなければ、どうなる？」

「製作部では、プログラムの何らかのエラーによる、スワマノイドの《失踪》——と」

「おいおい、さっきは自主学習プログラムとか言って、肯定的に見ていたじゃないか」

「製作者及び会社に損失を与えるプログラムは、すべてエラーだよ」

「スワマノイドはどこへ行ったんだ。そして、その目的は？」

影山は肩を竦《すく》めた。

「行方は現時点では摑めていない。目的も、あるのかどうかさえわからない」

私は質問の観点を変えてみることにした。

「製作部が何も摑んでいないことはわかった。——だが、お前はどうなんだ？　スワマノイドのプログラムの大枠となる生物の群れ行動の研究をしてきた張本人の見解は」

影山はすぐには答えずに、煙草に火を点けた。一度大きく吸い込んでから、おもむろに口を開く。

「ウチの会社は確かに生物研究が発想の元になっている。だが、わが部門は、今や傍流で、製作部の脚注程度の存在意義しか会社は認めていないだろう。いずれどこかの部門に吸収され消滅するだろうな。今のところはまだ研究部門の体裁を保っているから、こうして重大事件のヴィデオなんてものも回ってくるが……俺の意見なんて価値もないし誰も求めちゃいないだろうよ」

「嘘だ」私は長年の付き合いから相手の真意を見抜いていた。「君は自分の意見を持っているはずだし、それを誰かに聞かせたがっている」

影山は再び煙草をひと吸いして目を細めた。

「お前だから、言うんだぞ」

「承知の上だ」

「俺の仕事は、生物の群れの性質やルールを研究して、その中の有用なものをスワマノイドなどのプログラムやCGのエージェントに応用しようというものだ。だから、スワマノイドのプログラムに何らかの変化が発生したと聞けば、それは、大本である生物の群れの本能的行動から来たものなのではないかと考えるわけだ」

「――で？」

「スワマノイドは盗まれたのでも、単に失踪したのでもない」一呼吸置いて、「――《逃亡》したんだ」

「逃亡？　ロボット群が自主的判断で、逃げ出したというのか？」

影山は煙草を燻《くゆ》らせながら頷いた。

「以前に、生物はなぜ群れるのか、群れる利点は何なのか、お前に訊かれたことがあったな」

「うむ」

「その答えは、『天敵から身を守るため』だった。捕食者の頂点に立っている人類には、なかなか気づきにくいことだがね。それが群れの第一等の目的だ」

私は相手の先回りをして言った。

「それじゃ、スワマノイドは……何か天敵を察知して、逃亡したのではないのか――というのか?」

影山は寂しく笑いながら煙草をもみ消した。

「友人のお前でも、あまりの奇説だと思うだろうな。まだ、ビルの清掃員が孫へのプレゼントのために盗んだとする説のほうが、よほど説得力がある……だがね、俺は物事を大きな自然の枠で捉える癖があるから、そうした考えが浮かんでならないんだ。それに――」影山はもう笑っていなかった。

「何かあったのか?」「最近、生物研究所のほうでも……」

「蟻《アリ》が巣箱から這い出そうとしている。鳥がケイジから抜け出そうとしている。イワシが水槽のガラスに無益な衝突を繰り返している――みんな、群れを成して、どこかへ逃れようと……」

それを聞いた私の頭に、不意に、人事課懸案の病欠者二人が、群れを成して築地方面へ向かった《レミング》的行動のイメージが浮かんだ。

私はその事実を連絡会議で公表するつもりだったが、その前に影山に話してみることにした。

彼は興味深げに耳を傾け、腕を組むと、瞑目《めいもく》して考え込んでしまった。

5

午後の連絡会議には、最初から妙な雰囲気が漂っていた。部屋の一番奥に三人の幹部社員が座り、それから二列の向かい合いの席に、各部の責任者が就くのだが、いつもはランダムに席に座っているのが、今日は、なんとなく整然と、みな似たような動作で席に座り、ファイルを同じ位置に置き、まっすぐ前を見た同じ姿勢を保っている。まるで昨日まで人間の同僚だったものが、すべてヒューマノイド型の群れ型《スワマノイド》ロボットに入れ替わってしまったような奇妙な感触だった。

自分が先日来《群れ》というものを意識し過ぎて、神経質になっているせいだろうと思い直し、会議に専心することにした。

連絡会議というのは、文字通り、週一回各部署からの連絡事項などを確認する会議で、そこで議論をするような場ではなかったが、やはり、スワマノイドの件については、製作部から、重要案件として挙がってきた。だがそれは、「ＨＸＱ１４３型の《盗難》という誤報が伝わっているようだが、実際は、ある技術上のトラブルによる《紛失》であり、事件性はないので、そうした誤報を外部にリークすることのないように」――という隠蔽まがいのお達しだった。また、その一方で、「紛失したスワマノイドに関する情報を持った者は、すぐに製作部に伝えるように」と付け加えることも彼らは忘れなかった。

この一方的な通達に対して、質問も議論も起こらなかった。斜め前に座っていた生物研の影山も、顔を伏せたままで、自説を披露することもなかった。

製作部以外の部課の連絡・報告は、さしたる案件もなく淡々と進み、営業・宣伝が終わって、総務・人事の番が回ってきた。

私は、昨日目撃された長期病欠者と不審な団体との行動を報告し、現在は新手のセラピーや新興宗教についても調査中であることを付け加えた。

報告を終えて顔を上げた時、何か異様な気配を感じて、はっとした。その一瞬、会議室の全員が私の話など聞いていないように見えたのだ。出席者の中で私に注意を払っている者など、一人もいなかった。全員が全員同じ方向に首を曲げ、窓の外を見つめていた。私もつられてそちらを見たが、二十五階の空には何かが浮かんでいる様子もなく、虚空が広がっているばかりだった。

私が事情を訊こうと隣の社員のほうを向いたとき、フロアが揺れた。程なく館内放送があり震度四弱の直下型地震だったことを報じた。それを機に、他の社員たちのフリーズ状態は溶け、常態が戻ったように感じたので、それ以上の追及はしなかった。

しかし、その時、連絡会議のメンバーは、確かに奇妙な《群れ》的行動をとっていた。池に浮いている水鳥の群れが、何かの物音に反応して、一斉にそちらを向く、膨大なイワシの群れが、何かテレパシーとしか思えないような素早い《思考転移》で、一斉に身を翻して、泳ぎ去る——そんなイメージが、連絡会議のあの一瞬にも感じられたのだ。

連絡会議が終わってから、改めて影山のほうへ視線を送った。さっきは《群れ》の中に埋没していたかのように見えたが、今は、自分の思考を保っているようで、しっかりした視線を返してくる。

出入り口で一緒になった時、「お前、会議中、おかしくなかったか？　宙の一点を見詰めて……」と、小声で尋ねた。

相手は即座に認めた。

「ああ、俺も《群れ》のルールに従っていたらしい……」

何のことを言っているのか、こちらが問う前に、影山のほうから声をかけてきた。

「おい、話がある。上の展望フロアまで来てくれ」

6

本部ビルの最上階は、渋谷ハチ公前交差点を見下ろす展望ラウンジになっていた。私と影山は向かい合って座ると、飲み物を注文した。同僚は口をつぐんだままだったが、おもむろに窓の外を指さして、階下を見下ろすように促した。

私は何のことかわからないながらも、言われた通りに、交差点を行き交う人々にぼんやりと眼を落とした。

少しして変化に気付いた。

最初はランダムに集まり動いているように見えた交差点を囲む人々が、少しずつ群れをなし塊となっていくように見える。しかし、それらの群れは既成の団体や知り合いの類ではなかった。ある日ある時、たまたま交差点で隣り合った同士が、互いに言葉や合図を交わすこともなく、その距離感だけで単純に集団をなしたというような……。

見ているうちに、群れは、次第に個性を備え始めた。長方形に隊列を組んだもの。三角形になったもの。例のV字形に編隊を組んだもの。綺麗なドーナツ形や五芒星になったもの……。

信号が赤から青に変わる。

群れは一斉に交差点を渡りだした。群れはまるで一個の個体のように振る舞い、形を崩すことなく、他の群れとも衝突も接触もすることなく、見事にすれ違いながら、交差点を渡りきった。群れの成員一人一人の一点を見つめる表情、顔の向き、動作、歩調も完全に一個の個体のように同期《シンクロ》している。

そんな風にしてドーナツ形の群れは道玄坂方向へ、五芒星は青山方向へ、V字形の群れは、明治通りを恵比寿方向へ、それぞれ毅然とした確信ありげな歩調で去っていく。

まるで、まるで……北朝鮮の全体主義的マスゲームと南米のカーニヴァルを合体したかのような奇態な光景。いや、ここは、平壌でもリオでもない。東京のど真ん中の渋谷ではないか…

…すると……そうか！　これは、何かの新製品の宣伝に違いない。そう、コマーシャルの撮影かもしれない。どこか見えないところに撮影クルーがいるのだろう……。

私はその考えを、向かいの席で同じように一部始終を見ていた影山に言おうとした。

「あれは、何かの宣伝だよな――」

「いや、違うって」影山は少し苛立った口調で言った。「お前は感覚が鈍いから、まだわかっていないんだ。――その時が来たんだよ」

「え？　その時……」

「ああ、あの遠い呼び声が聞こえないか……」影山は虚ろな目で虚空を見つめた。

そして、私の腕を強く摑むと言った。

「我々も遂に、群れる時が来たということなのさ」

私は影山に腕を摑まれたまま、引きずられるようにしてエレヴェーターに乗り、階下へ降りた。途中の階で続々と他の社員も乗ってきて、たちまち箱は満員になった。気づいたのは、どの社員も黙したまま、個人的な発言は一切せず、その場に立ち尽くしていたということだった。

エレヴェーターが一階で停止し、扉が開くと、玄関ホールにも、社員が溢れていた。彼らも不気味なほど沈黙したままで、取り乱したり、騒いだりする者など、一人もいない。そして、更によく観察すると、ホールの各所で、数十人ずつ、なんとなく群れを作り始めているように見える。

彼らの奇妙に静謐《せいひつ》な動きをどう説明したらいいだろう。最初は災害避難訓練か何かのようにも映ったが、それよりもっと自然に、何と言うか……《群れ》のルールに従って行動しているというような——。

「おい、早いところ、適当な《群れ》に加わるんだ。この際、何々課とか部署は関係ない。なるべく大人数のしっかりした集団で——」

そう言いながら影山は強引に出口近くの集団のほうへ引っ張っていく。途中、靴先に金属製の何かの物体が触れてカチャッと音がした。目を落とすと、スワマノイドHXQ143だった。彼らの集団も、さも当然の権利とでもいうようにそこに来ていたのだ。しかし、最早、そんなものに注意を払う者は誰もいない。

そんな風にして、我々は、本部ビル玄関に一番近い五十人ほどの《群れ》の最後尾に潜り込んだ。

玄関の扉が開き、我々は外部へ出ることになった。殺到するのでなく、あくまでも歩調を揃え、しかし、機敏に、ぶれることなく……。

「群れに入ったら——」隣の影山が小声で話しかけてきた。「周囲の五、六人との距離が大切だ。触れるほど近くても、離れすぎてもいかん」

「しかし——」

「それから、その五、六人のユニットが何かに注意を向けたら、お前もすかさず同じように気を付けること」

「それは……どういうことだ？」

「群れの中で生き延びるためのルールだ」

「ルールって……事態がちっとも呑み込めん」

影山は苛立った口調で答えた。

「お前は、以前から、群れるのは好かんとか賢《さか》しらなことを言う皮肉屋の懐疑論者だから、こういう時、即応できないのだ」

「こういう時ってどういう時だ？　群れに入って、どこへ行こうとしているんだ？」

「行先は《群れ》が知っている」喋っている相手が別人のように感じられる。

「目的は？」

「逃げるため。生き延びるため」

今度は私が苛立ち怯え、声を荒らげる番だった。

「逃げる？　生き延びる？　いったい何から――」

影山は諦観の漂う静かな口調で答えた。

「いいか、絶対、立ち止まらずに聞けよ」一呼吸置いて、「前に、お前は、生物はなぜ群れるのかと尋ねたな」

「あ、ああ」

「あの時俺は、生物が群れる第一の目的は、天敵から身を守るためだと教えた」
そこで影山は、視線は前方を見たまま、右手の人差し指を天に向かって突き立てた。
言われた通り、群れのルールに則《のっと》って歩調を緩めずに、行進しながら、そちらのほうを仰ぎ見る。

——ようやく、何を言われているのか、わかった気がした……。

—— Fade Out ——

見知らぬカード

The Mysterious Card

1

コンビニエンス・ストアで煙草を買った時に、もう限界だなと思った。

——財布の容量のことである。

私の二つ折りの黒い革の札入れは、いつの間にか溜まったカードの類《たぐい》でパンパンに膨れていたのだ。

家に帰って、早速、財布の中身を整理することにした。

近頃は、どこで買い物をしても、リピーターを当て込んで、スタンプやらポイントやらクレジット付きやら会員証やら、とにかく、やたらとカードを作らされる。そのお陰で、せいぜい五枚ぐらいのカードを入れればいっぱいになる札入れが、倍以上のカードではち切れんばかりになっていた。

——いつも行くガソリン・スタンドのサーヴィス・カード……これはいるな。一回しか行かなかった珈琲《コーヒー》豆屋のスタンプ・カード……これはいらない。レンタル・ヴィデオ店の会員証……これはいるぞ。妻も同じものを持っているスーパーのポイント・カード……これはいらないだろう。

そんな風に札入れの中のカードを仕分けているうちに、ふと、見知らぬカードが目に留まった。

カードはプラスティック製で、表は、灰色の地の中央のあたり――直径二センチぐらいの円の中に白と黒の巴《ともえ》が収まった陰陽《イン・ヤン》の、所謂太極《いわゆるたいきょく》のマークが印刷されている。これは何かのロゴかとも思ったが、表面にはそのマークがあるだけで、店名の類は一切記されていない。裏を返すと、カードの上方に一筋の黒い帯があり、真ん中にはNo.100-589-326と番号が刻されていて、一番下には新宿区代々木の住所と〇八〇で始まる携帯の電話番号が記してあった。

覚えのないカードだった。

裏面に黒い帯が入っているのは、クレジット・カードなどと同じで、そこに磁気による個人情報が入っているということなのだろう。となれば、これは気軽なポイント・カードなどではなくて、個人情報と引き換えにした会員証の類というようなことになるが……。

……しかし、それにしても、覚えがない。

三十代も後半になると、記憶力もめっきり衰えてくる。私は額に手を当てて、記憶の糸を手繰《たぐ》った。

……記憶の欠落といえば……飲酒か？

一番近い飲酒の機会となると、先週末に、同期で営業部の加賀武志《かがたけし》と新宿で呑んだということがあった。それは加賀の栄転の祝い酒で、調子に乗った我々は飲み屋を梯子《はしご》して、三軒目に加賀の知っている「女の子」のいる店に行くことになった。そこは店名も覚えていないような歌舞伎町のありふれたキャバクラだった。私は記憶をなくすほどの大酒のみではないが、逆に、酔うとすぐに眠くなるタチで、その店でも滞在時間の半分ぐらいは居眠りをしていたのを思い出した。

――あの時かな……。

居眠りで朦朧《もうろう》としていた時に、店の会員カードでも作って（あるいは作らされて）しまったのか。酒で記憶をなくしたことはないはずなので、まさかとは思ったが、それしか思い当たるところはない。

私はもう一度、手にしたカードに眼を落とした。

キャバクラの会員証なら店名がないのはおかしいし、呑んだのは歌舞伎町だから代々木の住所というのも違うだろう。電話番号が店舗でなく携帯のものというのもおかしい。

しかし、こう考えたらどうだろう。ああいうところのシステムや組織はよくわからないが、例えば携帯の番号はマネージャー個人のもので、住所は店舗ではなくてグループ企業の本部のようなところのものとか……少し苦しいが、そういうことなら平仄《ひょうそく》が合う。

悪くすると、加賀の案内した店というのは、後ろ暗いところなのかもしれない。太極マークといえば、韓国の国旗にもあるし、中国も連想させる。ひょっとして、自分達の行った店というのは、そうした国の女性を違法に働かせている店だったのかも……そうだとすると、そんなところで会員証を作ってしまったのは、まずかったのではないか……。

私は嫌な気分になって、再び記憶の糸を手繰《たぐ》った。

……店内での女の子たちとの会話は……確か、加賀がゴルフの腕前を吹聴《ふいちょう》するのに、彼女たちがつまらなそうに相槌を打っていただけで……特に韓国や中国を想起させるものはなかったはずだが……。

しばらく考えていたが、それ以上は埒《らち》が明かないので、翌日加賀に尋ねてみることにして、カードを札入れにしまい、その夜は休むことにした。

2

私は新宿区にある中堅どころの製薬会社に勤めていた。

出社後、昼休みに喫煙コーナーに行ってみると、そこに、ちょうど営業部の加賀も来ていた。

「この間はお疲れ」

「ああ、遅くまで付き合わせて悪かったね」

などと挨拶を交わすと、私は早速札入れから例のカードを取り出した。

「お恥ずかしい話なんだが――」

「んあ？」加賀は煙草を燻《くゆ》らせながら呑気《のんき》そうに相槌を打った。

「ほら、三軒目……お前の先導で女の子のいる店に行ったろ？」

「ああ、《パライソ》ね。よかっただろ」急ににやにやする同僚。「――気に入った子でもできたか？」

「いや、違うんだ……どうも、記憶がなくて困ってるんだが、ひょっとしてあの店で会員証かなんかを作ったかなと思って……」

「会員証？　それは……ないと思うけど――」

「これなんだけどね――」

私は相手の言葉を終いまで聞かずにカードを掲げた。それを眼にした加賀の顔から笑みが消える。

「あっ」同僚は咥《くわ》えていた煙草を取り落としそうになった。「それは……」と言って絶句する。

「あの店で酔った勢いで作っちゃったのかな、と……」相手の顔色の急変に私の言葉も立ち消えになる。「――違うのか？」

加賀は激しく頭《かぶり》を振った。

「違うに決まってるだろっ」

思いのほか激しい口調に驚いて、

「違うって……じゃ、お前、このカードについて何か知ってるのか？」

そう訊くと、同僚は眼を瞬《しばたた》いて、急にそわそわし出した。

「知らないよ」

「でも――」

「知らないったら！」

「それじゃ、なんでそんなに慌てるんだ？　おかしいじゃないか――」

「慌ててなんかいないよ」

「嘘をつくな」私は相手の腕を摑んだ。「――なあ、教えてくれよ。これをいつどこで作ったか記憶がないんだ」

同僚は私の手を振りほどくと、上ずった声で言った。

「記憶がない？　惚《とぼ》けるなよ」

「惚けるなって……」

「そんなカードを持ってて、記憶がないとは、信じられんね」

「おい」こちらも声を荒らげた。「信じられんて言われても――」

加賀は畳み掛けるように言った。

「ともかくな、いくら友達でも、そんなカードを見せられて、余計なトラブルをしょい込むのは、ご免だよ。俺だって妻子ある身だ。関わり合いになるのは勘弁してくれ」

驚いて絶句する私。友人の顔には、明らかに「怯え」の色が浮かんでいたのだ。

次に私が問い返そうとした瞬間、加賀は煙草を灰皿でもみ消して、くるりと踵《きびす》を返した。

「おい、待ってくれ」

友人は背中を見せたまま、「二度とそんなもの見せるな」と言い捨てると、そそくさと立ち去ってしまった。

開発部の自分の席に帰って、カードを取り出すと、それを眺めながらしばらく考えた。

加賀の反応は尋常ではなかったが、少なくとも、このカードをキャバクラで作ったのでないことは確かなようだ。すると、このカードの正体は何なのか……。

表面に印刷してある太極のマーク。これは確か中国の古い思想に由来するもので、万物の根源であり、そこから陰陽の二元――つまり、男と女とか天と地とかが生ずることを表しているのではなかったか。そして、それが発展して、八卦《はっけ》などが生ずるという――確か、占いの象徴にもなっていたはずだった。――とすると、これは、どこかの占いの館のようなところで、作ったものなのか……そんなことをした記憶は、まったくないのだが……。

しかし、中国由来ということでは、一つ思い当たることがあった。

現在、わが社と中国との間で、漢方薬の共同開発事業の話が進みつつあった。それで、私もプロジェクト推進の話し合いのため、今月初めに、来日した中国公司の人間と接触しているという事実があったのだ。この太極カードは、その中国公司の人間の所有物で、仕事の折衝中に、何かの手違いによって、私の懐《ふところ》に紛れ込んでしまったのではないか。

――相変らず確証は持てないが、中国由来ということでは、唯一有望な推理のように思えた。しかし、中国公司の人間はすでに帰国してしまっているし、この件だけについて、わざわざメールで問い合わせるのも、妙な感じで、はばかられる。それなら、どうするか――。

その時、植松《うえまつ》課長の顔が頭に浮かんだ。

中国との折衝の席に課長も同席していた。ひょっとしたら、その場で課長が太極カードを目撃していたという可能性がある。

間のいいことに、午後は中国との折衝のその後の進展について課長に報告することになっていた。そのついでに、カードのことを尋ねてみるのもいいかもしれない。

私は席を立ち、課長に中国プロジェクトの進捗状況を報告したい旨を伝えた。課長は、それなら、静かな応接室でじっくり聞こうと応じた。

応接室に入って、課長とテーブルを挟んで、向かい合うかたちで座る。それから、プロジェクトの中身を記したファイルノートをテーブルに開き、そのそばに、太極カードを置いた。カードのことは、事案報告後の四方山《よもやま》話の中ででも訊けばいいいと思った。

「中国吉林公司《きつりんこうし》との共同開発プロジェクトのその後の進捗状況ですが――」

私が話の口火を切った途端、植松課長がぽつりと言った。

「嫌味かね？」

「は？」相手の言葉に驚いてファイルから眼を上げると、課長が苦虫を噛み潰したような顔でこちらを睨んでいる。「なんと仰いました？」

課長は黙ってテーブルの端に置いておいた例のカードを指さした。「それ、だよ」

「この……カードが何か……？」

「私に対する当てつけか何かなのかね、と訊いているんだ」

相手の思わぬ反応に慌てた。

「当てつけと言いますと？」

課長は鼻を鳴らした。

「そんなところに、これ見よがしに置いて、あんまり人を馬鹿にするもんじゃない」

「そういわれましても、何のことだか……」

口ごもる私を尻目に課長は堰《せき》を切ったようにまくしたてた。

「そんなカードを持っているのなら、会社の幹部たちの覚えもめでたいだろうよ。君の出世も約束されたようなものだ。しかしね、いくら欲しくても持てない私のような中間管理職の前で、それを見せるというのは、どうしたって、嫌味か当てつけとしか思えないじゃないか」

「いや、課長、待ってください。これは私も覚えのないカードでして――」

「ほう」課長の太い眉が吊り上がった。「覚えがない――抜けぬけとよく言うな。君は確かに仕事もよくできる優秀な社員だよ。学歴も申し分ない。しかし、私だって叩き上げでここまで来た男だ。そんなことで恐れ入ると思ったら大間違いだ」

「いや、課長、これは何かの間違いで……私は中国の――」

課長はみなまで聞かず席を立った。明らかにひどく激昂している。

「もういい。それ以上の言い訳は、私に対する侮辱と見做《みな》す。まったく不愉快だよ。報告は書面で提出すればいいから、その忌々しいカードをしまって、君はさっさと自分の席へ戻りなさい」

相手にはまったく取りつく島もなく、その場は言われた通りにするしかなかった。


自分の席に戻って、再び考え込んでしまった。

――このカードはいったい……。

課長の言ったこと――「幹部たちの覚えもめでたい」「出世も約束されたようなもの」「欲しくても持てない」――などを繋ぎ合わせると、このカードが、各企業のトップが集う経団連の社交クラブの会員証のようなものかもしれないという想像が浮かんでくる。しかし、そんな秘密めいた経済人の社交クラブなんてものが、本当に存在するのだろうか？　それに、仮に存在したとしても、そして、課長がどう思おうと、自分がそんなところの会員証を持てるわけがないではないか。

更に、そんなにありがたいものだとしたら、加賀の反応はどう考えたらいいのか？　彼は「トラブルをしょい込むのは、ご免だ」とか「妻子ある身だから関わり合いになるのは勘弁してくれ」などと訴えた。そして、そう言った時の同僚は、明らかに怯えていたのではなかったか。

午後いっぱい、カードのことが頭から離れず、仕事も手に付かなかった。

退社時に、もう一度、加賀を問い質《ただ》そうと営業部を訪ねたが、彼のデスクは空席だった。行方を尋ねると、午後一で都内出張に出かけ、そのまま直帰——とのことだった。

いっぽう、課長とは、結局あれきり顔を合わせずじまいだった。

3

帰宅して夕食をしている最中に妻の弓子《ゆみこ》が声をかけてきた。

「ねえ、どうしたの？」

「あ？」

「ぼんやりして、何か考え事？」

「ん、いや……会社でちょっと」

「悪いことでも起きたの？」

少しためらった後、話すことにした。

「ほら、同僚の加賀君知ってるだろ――」

「ああ、先日栄転になった営業部の、同期の人でしょ？」

「うん。彼と言い争いになったんだ」

「あら」

「それと……同じ原因で、課長から叱責された」

「えー、それは……どうして……同じ原因ってなんなの？」

私は席を立って、隣の部屋に掛けてあった上着から札入れを取ってきた。

「このカードなんだけどね――」と言って、太極カードを食卓に置く。

それに眼をやった妻の身体が、一瞬、凍りついたように固まった。それからゆっくりと顔を上げる。その表情を見て私ははっとした。妻の顔には軽蔑と嫌悪が入り混じったような、何とも嫌な表情が浮かんでいる。

「厭らしい」

相手の言葉に慌てた。

「違うよ。キャバクラの会員証なんかじゃないよ。それは加賀も保証して――」

妻は私の言葉を途中で遮った。

「キャバクラの会員証……惚けるのも、いい加減にして！　そんな生易しいものだったら、目くじらは立てないわ！」

「おい、これがなんだか知ってるのか？」

「知ってるのか……って、私が何も知らない、ぼんやり妻だと思ってるのね。今はネットとか、いろんなところに情報は溢れているのよ。女だって、それがどれだけ厭らしいものかぐらい、わかっているわよ」

「じゃ、これが何だか教えてくれ。俺は知らないんだから――」

「それは――」妻は大きく息をして、言いかけた言葉を飲み込んだ。「嫌よ」

「どうしてだ？」

「どうしてだって――本当に抜けぬけと……ひどい悪趣味ね、女の口からそんな卑猥なこと、言えるわけがないじゃないの！」

「待ってくれ、このカードには俺も覚えがないんだ……」

「言い訳は聞きたくない。あなたがそれについて知らないはずがないでしょう」

そう言うと妻は急に席を立った。

「どうした？」

「決まってるでしょう。家を出ていくのよ」

「ちょっ……待てよ。どうして――」

「あなたがそれを持ってるってことは、あなたがノーマルな夫婦生活では、満足できない人間だって宣言しているようなものじゃない。そんな相手とこれ以上連れ添っていることなんて、できないわ！」

そう言い捨てると、妻は別室へ行き、自分の荷物を纏《まと》め始めた。何をしているのかと問うと、しばらく実家に帰るつもりだと言い出した。何度か慰留してみたが、妻は思い込みが激しく、言い出したら聞かないタチの女だった。結局は、呆然《ぼうぜん》として、去っていく彼女の後ろ姿を見送るしかなかった……。


またわからなくなってしまった。

妻の口振りからすると、カードの正体は、アブノーマルなセックス絡みの秘密クラブの会員証か何か――とも受け取れる。しかし、そうだとすると、課長が見せた羨望の反応と矛盾するのではないか？　それに、そんな類のカードのことを、なぜ専業主婦の妻が知っているのだろう……待てよ、妻は、ネット上に情報が溢れている――というようなことを言っていた。ひょっとして、これがネットから仕入れた知識だとしたら……。

なぜ、そこに気付かなかったんだろう？　私はまだ、謎のカードについて、インターネットで検索して調べるということを、していなかった。

早速、パソコンを立ち上げ、検索エンジンを呼び出した。現れたボックスに「太極」と「カード」の二文字を入れて検索ボタンをクリックする。

たちまち八十九万二千件のヒットがあったが、検索結果を一つ一つ見ていくと、玩具や装飾品の類ばかりで、何十ページ閲覧しても、それらしい物には行き当たらない。こういう検索は、後になるほど、一致度が下がるものなのだろうし、さすがに八十九万件すべてに当たることはせずに、途中で切り上げた。

文章で当たることに限界を感じた私は、それなら、もっと直接的な画像検索のほうが早く見つかるだろうと思いついた。

画像検索をクリックすると、今度は十七万三千件のヒット。……しかし、そこに現れた画像は、太極拳のスタンプ・カード、ゲームのトレーディング・カード、開運符、八卦占いのカード等々……いくらページを繰っても、出てくる画像はその類ばかり、自分の持っている謎のカードには行き当たらない……。こちらも、いい加減な頃合いを見て、諦めることにした。

念のため「陰陽」「カード」とか「太極」「クラブ」とか、言葉を変えて検索してみたが、結果は似たようなもので、所持している太極カードには行き当たらない。

検索で簡単に行き当たらないということは、妻の情報源は、ネットからではなかったということなのか。しかし、今の時代に、専業主婦が簡単に広範囲且《か》つマニアックな情報を手に入れられる手段といったら、インターネット以上のものはないだろうに……。

私はもう一度、手の中のカードをためつすがめつして、今度は、そこに記された、住所と電話番号を検索してみることを思いついた。――しかし、案の定、どちらも、ぴたりと一致するサイトには辿り着かない。

そこで、パソコンによるネット検索は手詰まりとなった。時計を見ると十時を過ぎている。もう三時間以上もパソコンに向かい合っていたことになる。私は溜息をつくとパソコンの蓋を閉めた。

4

十時三十分。妻の携帯に電話をしてみる。だが、電源を切っているらしく、何度かけても繋がらない。彼女の実家にもかけてみたが、こちらは留守番電話になっていた。結局なにもメッセージを残さずに電話を切った。まさか、このまま離婚ということにはならないだろうが、ともかくカードの誤解は、何としてでも解かねばならない。

ふと思いついて今度は、自分の実家に電話をかけてみることにした。妻との諍《いさか》いについて、誰かに話を聞いてもらいたかった。

「はい。榊原《さかきばら》です」出たのは母親だった。

「あ、母さん？」

「ああ、聖司《せいじ》か。どうした？」

「うん、ちょっと……弓子と言い争いになって……出ていったんだ」

「は？　弓子さんが？　どうしたって？」

「家を出て行ったんだよ、言い争いになって――」

一瞬間が空き、「あら、そりゃまた、どうして？」

「いや、誤解だと思うんだけど」

「弓子さん、神経質だから、あんたまた、気に障るようなこと言うたんでしょう？」

「いや、そうじゃないんだ。僕がカードを見せた途端に怒り出して――」

「は？　カード？」

「うん、母さん、太極のマークってわかるかな。ほら、韓国の国旗にもなっている、陰と陽が巴になった――」

「ああ、陰陽のね……知っとるよ」

「その太極のロゴが入ったカードを見せたら――」

言い終わらないうちに相手の見せた反応は意外なものだった。母親はいきなり声を立てて笑い出したのだ。

「ねえ、どうしたの？　何がそんなにおかしいの？」

母親はようやく笑いを堪《こら》えながら、

「だって……あんた……おかしいよ。あんたが太極のカードを持っとるなんて……」

と、また哄笑する。

「ちょっと待って、なんで笑うんだよ。わけを言ってよ」

「ああ……あんたこそ、こんな夜遅くに、そんな冗談言う理由を言いなさいな……ああ、おかしい」

「冗談じゃないよ。カードについて何か知ってるの？」

「知ってるも何も――」また笑い転げる。「日本人なら誰だって知っとるでしょう……もうっ、あんたが、そんなカード持っとるのなら、ウチの猫のミーちゃんがアメックスの上限なしのカード持ってても、おかしくないで」

私は必死に言い立てた。

「ほんとに知らないんだ、カードのこと。笑ってないで教えてくれよ」

相手の笑いがやんで、きつい口調になる。

「ほんとに、そっちこそ、冗談もいい加減にしなさいよ。そんな馬鹿なこと言ってんのなら、弓子さんだって、怒ってもおかしくないわ。――もう、お風呂入るからね。あんたの悪戯《いたずら》に付き合ってる暇ないの。じゃ、切るよ」

「あー、ちょっと――」

母親はそこで無情にも電話を切ってしまった。かけ直してみたが、今度は留守電モードになっていて、誰も出ない。メッセージを残す気力もなく、電話を切った。

「日本人なら誰だって知っとるでしょう」――って、じゃあ、日本人で知らないのは私だけってことになるのか？　それに、なんだ、あの笑いは？　同僚は怯え、上司は嫉妬し、妻は軽蔑して、母親は笑った……いったい、これが同じカードに対するものかと思うほどの、バラバラの反応ぶり……ますます、わけがわからなくなって頭を抱え込んでしまった。

5

午後十一時――。

ひとりぽつんとダイニングに座り、煙草を燻らせていたが、それを灰皿でもみ消すと立ち上がった。

――どうしても、今日中に決着をつけなければ眠ることもできない。

少し前に太極カードの裏面に記された〇八〇で始まる携帯番号に思い切って電話してみたが、

「電波の届かないところにいるか、電源が入っておりません――」というお馴染みの案内が耳元で繰り返されるばかり。結局、相手には繋がらなかった。

このまま家でひとり手をこまねいていても仕方がない。こうなったら、直接行動に出るしかなかった。カードに印刷されている住所を訪ね、直接その正体を確かめるのだ。

私はガレージに行って、車に乗り込み、イグニッション・キーを回すと、カーナビにカードの住所を入力した。


「目的地に到着しました」とカーナビが告げる。

場所は代々木の明治通りから南に道路一本入ったところ。車の前に、見知らぬ黒いビルディングのシルエットが聳《そび》えている。

いったん車から降りて、建物を見上げる。十階建のマンションのようなビルだが、どの窓も明かりは点いておらず、全体が闇と静寂に包まれている。

再び車に乗って建物を回り込むと、地下駐車場へ通ずるらしいスロープが見えた。躊躇《ためら》うことなくそこへ乗り入れると、前方を遮断機のバーが遮る。

バーの手前で車を止め、ウインドウを開いて外を見る。駐車券の発券機があるべきところに、灰色のボックスが立っていて、その表面に太極のマークが刻印されているのがわかった。

――やはり、ここが目指す太極ビルだったのだ！

そう思うと私は言いようのない興奮を覚えた。

更によく見ると、ボックスの中央にスリットがある。これこそが、磁気情報の入ったカードの使いどころなのだろう。カード・キーの要領でスリットに太極カードを入れて引き抜くと、ピッという音と共に緑のランプが点き、目の前を遮っていたバーが、しずしずと上がり始めた。初めてカードが思い通りの役に立ったことに、私は気をよくした。

入ったところは、やはり地下の駐車場だった。何台かの車が停まっていたが、どれもメルセデスやアルファ・ロメオなどの外国車ばかりのようだ。

薄暗い駐車場内に、照明の点いた一角を見つけた。ガラス張りの扉の向こうを見ると、エレヴェーター・ホールになっているのがわかったので、そのそばに車を停めた。

ホールに入り、上階を示す矢印のボタンを押すと、エレヴェーターの扉が開いた。乗り込んで扉の右側の各階のボタンが並んでいるパネルに眼をやると、そこにもスリットがあるのがわかった。駐車場の遮断機同様にスリットにカードを通すと、案の定、最上階——十階のランプが点灯した。

それまで太極カードに関する調査や検索を阻んできた障壁が消え去ったかのような成り行きだった。謎のカードが急にしごく素直になって、その目的地への案内役を始めたかのように感じられた。

十階に到着してエレヴェーターを下りると、ホールの正面に一つの扉があるのが見える。

歩み寄ってみると、扉の真ん中には、例の太極のマークがあった。金属製のドアノブの直下には、またしてもスリットがある。——これが最後の関門なのだろう。この先に進めば、何が待ち受けていようとも、もう後戻りはできない。自分の心臓が高鳴るのがわかった。

——しかし、結局、不安や懸念よりも好奇心のほうが勝った。私はスリットにカードを入れて引き抜いた。ピッという音がしてスリットの上の緑のランプが点く。それを確認したところで、扉を引き開けた。

扉の向こうは短い廊下になっていたが、すぐに広い部屋に出た。

部屋には誰かいる。

部屋の中央に大きなマホガニー製らしいデスクが据えられ、そこに老人が座っていた。年齢は七十の坂を越えたぐらいか。禿げ上がった頭の両側に僅かに残った白髪。額に刻まれた皺《しわ》。庇《ひさし》のように突き出た両眉の下の双眸《そうぼう》には年齢を感じさせない鋭さがあった。固く引き結ばれた口元は、意志の強さ（あるいは頑固さ）を示しているように感じられる。服装は黒いスーツに黒いタイという喪服を思わせるものだった。

デスクの前に行くと、老人は立ち上がって、頭を下げた。すべて心得ているといった自然な動作だった。私もつられて頭を下げたが、その後も老人が沈黙したままだったので、もう一歩踏み出して、例の太極カードをデスクの上に置いた。

これまたごく自然な動作でデスクの上のカードに眼を落とす老人。

ところが、その後に老人が見せた反応は、飛び切り意外なものだった。

驚いたことに、カードから顔を上げた老人の双眸が濡れているではないか。

それは紛れもない涙だった。大粒の涙は見る見る眼《まなこ》に溢れ、涙腺から鼻筋を伝わり下り、唇の端からデスクの上に滴った。カードを眼にした老人は、何と泣いているのだ。

これまで、このカードは、人々から様々な反応を引き出していた。同僚は怯え狼狽《うろた》え、上司は羨望・嫉妬し、妻は嫌悪・軽蔑し、母親は笑いとばした。ところが、この老人は涙を流して泣いているのだ。

――しかし、なぜ、ここに来て涙なのか！

もう限界だった。どうしてもそのことを訊かずにはいられなかった。

私は乾いた声で尋ねた。

「これは、いったい、なんのカードなのですか？」

私の言葉にはっとして、老人は胸ポケットから取り出したハンカチで涙をぬぐう。

それから、改めてこちらのほうを見据えて、おもむろに口を開いた。


――Fade Out――

謎の連続殺人鬼リドル

Mysterious Serial Killer, The Riddle

【訳者曰く】

ロサンゼルスの円柱形のキャピトル・レコード・ビルの近くに事務所を構える友人の文芸エージェント、ヨシ・シマザキから、その原稿が送られてきたのは、初夏――六月のことだった。タイトルは、《Mysterious Serial Killer, The Riddle》とあった。原稿に付されていたヨシのメールから、本作にまつわる要点のみを次に引用しておく。

「――この作品は、昨年の秋に私の許に送られてきたものだ。作者はロサンゼルス市警を一昨年に退職した元警部補で、本人は自分が体験した実話に基づいて書いた作品だと言い、どうやら、ゆくゆくはハリウッドの映画界にでも売り込みたい希望があるようだった。ところが、原稿を一読して、私は困惑してしまった。原稿に書かれている物語には結末が書かれていなかったのだ。素人の処女作ゆえの未熟さかとも思ったが、再考してみて、これは、ひょっとして、君が探している《リドル・ストーリー》の（わざと結末を書かずに、読者の想像にゆだねる）形式に則って書かれたものではないかと思い当たった。よって、とりあえず、君の許に送っておく。検討してみて、商業的基準に達していると思ったら、日本の雑誌にでも翻訳掲載してくれないだろうか。こちらでも、エスクァイア誌やEQMM等に売り込みをかけてみるつもりだが――」

私は昨年、『異版　女か虎か』を訳出して以来、続けて《リドル・ストーリー》の未発表作や未発掘作を連続掲載しようと企図していた。それで、海外の友人やエージェントにも未発表・未発掘の《リドル・ストーリー》の良作はないかと声をかけていたのだが、ヨシは、その要望に応えて、この原稿を送ってきてくれたのだった。一読、本作が《リドル・ストーリー》の要件を満たしていると判断したので、ここに訳出することにする。

尚、作者のアブラハム・ネイサン・ジュニアが、その名前から『異版　女か虎か』の作者の子息に当たる人物なのかどうか、ヨシに問い合わせているところだが、現在までのところ明確な回答は届いていないということを、一応、この場でお断りしておく。

1

「謎々《リドル》は好きかい？」殺人鬼は薄い唇だけを歪めて笑うと言った。目は笑っていない。彼女のほうを虚ろな瞳で見つめているばかり……。その両目と口以外は黒いニットの目出し帽で覆われていて、相手がどんな顔をしているのかは、わからない。

「は？」マーサは訊き返した。「謎々って……何を言ってるの？」相手の質問があまりにも場違いなものに思えたからだ。

「謎々は謎々だよ」相手の唇から笑みが消えた。「ほら、あんただって子供の頃、さんざんやっただろう？」

相手はどうやら本気のようだった。これは、友人たちの仕組んだ冗談でも、テレビの《ドッキリ》系の番組でもない。そんなことなら、背後から他人の子供を押さえつけて、そのこめかみに拳銃を押し当てるなどという、ひどい仕打ちは（たとえテレビでも）できないはずだ。

人影もない深夜の公園の片隅。マーサは誘拐犯とその人質となった七歳の息子と対峙したまま、しばし沈黙した。聞こえるのは息子のジミーの粘着テープの奥ですすり泣く声のみ……。

今から三十分ほど前のこと――

最近、アパートの隣に越してきた韓国系女子学生のテヒに夕食と引き換えにベビーシッター役を頼んだのが間違いだった。若く未熟で多情なテヒがボーイフレンドを家に引き込んでイチャつくのに夢中になって、子供から目を離している隙に、息子のジミーが何者かにさらわれてしまったのだ。

早くもその十五分後に勤務先であるレストランにいたマーサの携帯に電話が入る。着信番号は息子のものだったので、気軽に出ると、聞こえてきたのは聞き覚えのない相手の声だった。息子の携帯を取り上げてかけてきているのだ。

「息子を預かっている」

残念ながらケチな夫が買い与えた旧式の携帯にはＧＰＳ機能は付いていなかった。震え上がった母親は電話の向こうに呼びかけた。

「え？　なんなの？　あなた、誰？」

相手は質問には答えずに、言いたいことだけを告げる。

「きっかり三十分後に、ゴスフォード公園のボート小屋の裏に来い。あんた一人でな」

「ちょっと待って、急に言われても――」

「警察にも誰にも言うな。言えばすぐわかる。その時は息子の命はない」

「そんな……要求はなんなの？　お金は……ないけど、なんなら、なんとかするから、時間をくれれば――」

「要求？　金？」その時、初めて抑揚も感情もない相手の口調が変わった。「要求は――」相手は咽喉《のど》の奥で微かに笑っていた。「要求は……顔を合わせた時に言う。手ぶらで来てもらっていい」

明らかに奇妙な犯人の言い種《ぐさ》だった。子供を誘拐しておいて、お金を要求せずに「手ぶらで来い」とは――犯人は狂人なのだろうか？　それとも……相手が正気なのだとしたら、お金以外に欲しいものがあって、そうであるなら、それが何だかわからないが、少なくとも、自分が応じられないような途方もないものではないだろうとは思う。だが……それにしても、なんだろう？　宝石や骨董の類なら、それを「持って来い」と言うだろうに……。

それに、そもそもマーサは相手が喜ぶような装飾品の類など持っていなかった。ブロンクス生まれのアフロ・アメリカンで、ロクな教育を受けないまま、LAに渡り舞台女優を目指すも挫折、皿洗いから、十年かかって、クレオール・レストランのマネージャーに納まったものの、とても裕福とは言えない生活ぶりなのである。

そこでマーサはふと思いついたことを尋ねた。

「あなた、ひょっとして誘拐相手を間違えているのじゃ――」

しかし、相手は、マーサの質問が終わるのを待たず、非情にも電話を切ってしまった。

怯えた母親は、それ以上逡巡するのをやめた。公園までは車で約二十分。もう時間はない。別居中の夫に連絡することもやめた。そもそも、こんな時に頼りになるような相手なら、別居に踏み切ることもなかったろう。警察への連絡も駄目だ。犯人はどんなハイテク技術で自分を監視しているかわからない――今はそんな時代なのだから……。

マーサはすぐさま仕事を切り上げ、同僚に気取られないような笑顔を無理に作って、「今日はもう上がるから」と告げると、バッグからイグニッション・キーを取り出して、足早に駐車場に向かった。


約束の三十分まで二、三分を残して、ゴスフォード公園内のボート小屋に到着した。今は、夜の十時過ぎのこととて、小屋の管理人を含めて人影はまったくない。

マーサは素早く小屋の裏手に回った。

約束通り、そこには大小二つの影が。目出し帽を被った大きな影は、小さな影の背後に被さるようにして立ち、左手で子供の首根っこを押さえ、右手に光る銀色のリヴォルバーを小さな頭に当てている。

「ジミー……ジミーなの?」震え声で呼びかけると、息子はくぐもった弱々しい声で微かに

「マム……マミー……」と聞こえる言葉を発した。月にかかっていた雲が流れ、愛しい息子の顔が照らし出されると、怯えきった顔に粘着テープが貼られているのがわかった。

目出し帽の卑劣漢が、おもむろに口を開く。

「時間厳守は結構なことだ」口調からするとダウンタウンのチンピラとは違う。ともかく一定の教養と分別（それがいささか歪んだものだとしても、無軌道な粗暴さや自暴自棄な感じではない）は備えた大人のようだ。

マーサは性急に口を開いた。

「あたしには、お金はないわよ。しがないレストランで安給料で雇われている身なんだから。だから、あんた、人違いしているんじゃ――」

「わかっているさ」相手も気短そうにマーサの言葉を遮った。「あんたのことは、事前に調べ済みだ。ブロンクス生まれで、ぐうたら夫とは別居中。子供は、ダウンタウンの学校に通うバスケ好きな子……」

「それなら、なんで？　あたしたちなんかを――」

「まあ、慌てるな」相手は、急に話題を転じた。「さて、あんたは――」相手の口振りは楽しそうですらあった。「謎々は好きかい？」

「は？」マーサは訊き返した。「謎々って……何を言ってるの？」先方の質問があまりにも場違いなものに思えたからだ。

「謎々は謎々だよ」相手の唇から笑みが消えた。「ほら、あんただって子供の頃、さんざんやっただろう？」

「謎々って……あの子供の遊びの――謎々のことを言ってるの？」

「そうだよ」

「それなら、子供だったら、誰だってやったでしょうに――」なるべく話を長引かせようと思った。

しかし、相手は急に不機嫌になったような口調で、

「誰だって――というのは、どうかな？　貧民窟の最下層じゃ、お遊びどころか、今日食うもののことで頭が一杯という餓鬼が大勢いることだろうし」

「それは……広く世間を見れば、そうなんでしょうね……」ともかく狂人の気まぐれに合わせて――相手の機嫌を損ねないように、意見には同意しておく。「あなたの社会批判はご立派だと思うわ。……でも、それより、早く子供を――解放のための要求を聞かせてちょうだい」

「その要求と言うのが――」相手はわざと勿体をつけて言った。「謎々《リドル》なのさ」

「解放のための……要求が……謎々？」混乱した母親は呆けたように相手の言葉を繰り返した。

「そう。――私は、今から、あんたに謎々を出題する。それにあんたが正解すれば、この子は解放してやろう。だが、もし不正解なら――」目出し帽はみなまで言わず握っている拳銃をこれ見よがしに揺らしながら、こともなげに付け加えた。「撃つ」

「そんな……」

「――馬鹿なことをと言いたいんだろう？　だが、これは、あんたにとって、それほど悪い話じゃないんだ。一千万ドルをキャッシュで渡せと言っているんじゃないんだから。ロックフェラー・センターのビルから飛び降りろと言っているんでもない。ただ、簡単な謎々遊びに付き合ってくれと言っているだけなんだから」

あまりの奇妙な要求に即答できずにいると、目出し帽の口調が幾分強硬なものになった。

「――あんたに、選択肢はない。ここは人目に付かない。人通りもないから悲鳴を上げても、誰も来ない。それに、そんなことをすれば、ゲームはお終い。即座にズドンだ」

ここに至って、遂にマーサは抵抗をやめた。

「わかったわ」身体が強張って肩を竦めることもできない。

相手は要求を言い始めた。

「私にとっての要求は、今言ったように謎々をあんたが解くことだ」

「わかってるから、早くして！」

「謎々はこうだ――」目出し帽は、ごくシンプルと思える謎々を仕掛けてきた。

「え？　ちょっと待ってよ」マーサは時間稼ぎをすることにした。「――そんなことで？　答えれば、撃たないで帰してくれるの？」

「ああ」目出し帽は頷いた。「あんたが正しい答えをすればな」

「とにかく、ちょっと待って。考える時間を――」

「制限時間は九十秒」

マーサは必死で考えた。

――目の前で戯言《ざれごと》まがいを言っている相手は、狂人なのか、正気なのか……そのいずれにせよ、いままでの態度・言動を見ていると、まるで、ある種のゲームを楽しんでいるようにも感じられる。となると、相手は、すでに心の中で答えを一つに決めていて――これがゲームというなら、自分の決めたルールを守らなければ、面白味はないはずだから……だから、正解さえ言い当てれば……。

――いやいや、また、別の考え方もできる……奴が母親としての私を試しているとしたら……普通は、銃を突き付けられた我が子を前にしたら、謎々を解くどころではないだろう。今の焦りに焦った私がそうではないか。そんな渦中で、正解を言い当てられるわけがない。そうなれば、正解率はぐっと低くなり、逆に目出し帽が銃を撃つ確率はぐっと高くなる。

――それとも逆に、短い間に考え抜いて、正解を言い当てたらどうなるだろう？　相手は、こんな卑劣なことをする変態野郎なんだから、たとえ正解を言っても「こんな状況で、冷静に考えられるとは、子供に愛情が薄い証拠。母親失格だな」とか言って引き金を引くのかもしれない。

ああ……どうしよう。あたしは昔から試験が嫌いで集中力に欠けるから、肝心の謎々を解かないで、こんな無駄な――自分が置かれた状況のことをあれこれ憶測ばかりしている……ああ、もう、時間がないというのに……。

「あと、十五秒」目出し帽が時報を告げる電話サーヴィスのように言った。

それを聞いてパニックに陥ったマーサは、混乱の極みの中で、追い詰められた母親が口にしそうなある答えを、直感的・衝動的に口走った。

「不正解」

目出し帽は短く言うと、引き金を引き、静寂が支配していた公園内に、銃声と獣の喘ぎのような声が響いたのだった。そのあと、もう一発の銃声が響き、当夜のイベントは、それですべてが終了と相成った――。


リンカーン総合医療センターの病室。午前八時半――。

マーサ・エルドリッチは、ベッドの上に横たわっていた。頭にはミイラもかくやというような包帯が巻かれ、身体中から点滴の管や心臓の状態を計測する管やケーブルの類が厳しい医療機器に繋がれている。その様子が彼女の重篤なる容体を物語っていた。

病室にいるのは、担当医師と看護師のほかには、管轄のロス市警のコロンビイというイタリア系の警部補とFBIロス支局の捜査官ジョイス・エンライト（こちらはアイルランド系）の二名が詰めていた。

ジョイスがコロンビイ警部補に小声で言った。

「またぞろ、《スフィンクス》の仕業なの？」

「《スフィンクス》？」コロンビイ警部補は斜視気味の目を細めて言った。「なんです、それ？」

「マスコミが容疑者につけた綽名《あだな》よ。――ほら、被害者に謎々を仕掛けてから、正解できないと、人質もろともに殺すという――今度のケースもそうなんでしょう？　子供のほうはこめかみを撃ち抜かれて即死だったと聞いたわ」

ジョイスのハシバミ色の瞳には怒りの炎が燃え、高い頬骨がいっそうせりあがったように見えた。被害者が母子家庭であるという境遇を聞いて、自分と重ね合わせているのだ。コロンビイ警部補がその様子を見て、わざとはぐらかすように言った。

「ああ……マスコミは綽名をつけるのが商売みたいなもんですからなあ。そうですか……スフィンクスは謎かけが好きだと……チャンネル７の命名ですか？　ＣＮＮ？　他のマスコミ――特にブン屋連中は、もっと、単純に奴のことを《謎々《リドル》》と呼んでるようですよ。ぼくぁ、そっちのほうが定着すると思うがなあ……」

おっとり型に見えるコロンビイと鋭い反面短気なジョイスの組み合わせによる捜査協力は、最適のものと言えそうだった。

「じゃ、私たちの間では《リドル》と呼んでおきましょうか」ジョイスは興味なさそうに相槌を打った。「――で、被害者の家族はまだ？」

「別居中の夫は、ひどい飲んだくれ野郎で、昨日の夕方から、飲み歩いていて、未だに行方知れず、行きつけの酒場の主人は、七時から十一時頃までそこで飲んでいて……後は、大方、商売女の家にでもしけ込んでいるだろうと――そこのところの裏は一応取るつもりですが――」

「いや、酒場にいた時点で亭主のアリバイは成立でいいでしょ」

「あたしも、そう思ってますが」

「他の親族や友人は？」

「それも、今のところまだ……夫と別居してからは、母子だけで孤独に生きていたようで……マーサ・エルドリッチ、早くに両親を亡くしていて、きょうだいもない、隣人との付き合いも薄い……本人危篤でも、立ち会えるのは、我々ぐらいのもので」

「勤務先の同僚は？」

「ガイ者は、ルネイ・ストリートのレストランのマネージャーをしていたんですが、その同僚が、昨夜、九時半頃に彼女がどこかからの携帯電話を受け、そのあと急に自ら帰宅すると告げたのを確認しています。いっぽう、子供のほうも九時頃、バイトのベビーシッターの娘が目を離している隙に消えている――それやこれやらを勘案すると、母親の職場からゴスフォード公園まで車で二十分だから――子供の死亡時刻など大体の時間の流れは、それで合致していますが」

「──それからあとは……今朝の五時半にジョガーが見つけるまで、哀れな子供の遺体と瀕死の母親は、ボート小屋の裏で転がっていたわけね。それにしても──」

と言いかけた時、診療台の上のミイラが唸り声を上げた。唸りは微かな言葉となって、包帯の間から漏れてくる。

「意識が戻ったの？」ジョイスは急いでマーサの頭の近くにしゃがみ込んだ。医師が「絶対安静ですから、もう長くはないんですから、無理はさせないで──」と引き留めるのも聞かずに、「だから、最期の言葉を聴き取ってやろうっていうんじゃないの！」と逆に叱責する。

マーサは弱々しい声で、途切れ途切れに言った。

「……正解じゃないの……ひどい……ジミー……なんてこと」

「どうしたの？」ジョイスは性急に訊いた。「犯人の顔を見なかった？　心当たりは？」

「知らない……見えない……謎々で、あたしをからかって──」

「謎々を仕掛けてきたのね？　犯人は何と言ったの？　あなた、何と答えたの？」

「謎々……答えられない謎々……あたしは、頭悪いから……謎々は──」

そこでミイラの言葉は途切れた。医師が厳しい顔で医療機器の心臓機能を示す波形が平坦化していることを、これ見よがしに指し示す。ジョイスはそれを無視して、コロンビイ警部補に言った。

「これで、《リドル》の犯行は確定ね。そして──」

警部補が即座に後を引き取った。

「未遂も含めて四件目ですか」


ここ二ヶ月ほどの間に、西海岸一帯で、奇妙な犯罪が頻発していた。

最初の事件は、九月八日、サンフランシスコ南東部のベイヴュー・ハンターズポイント地区のタパスタウンという町で起こった。幼稚園の職員をしているエレノア・カールトンの年老いた祖母が誘拐され、エレノアは今回同様、警察には告げずに、祖母のこめかみに拳銃を突き付けた犯人と直接対決した。

犯人の要求は奇妙なことに金ではなかった。目出し帽を被ったその男は、金の代わりに謎々に答えることを要求してきたのだ。エレノアに告げられた謎々は、次のようなものだった――。

「ある女の二人の息子について。彼らは、同じ年の同じ日の同じ時刻に同じ場所で生まれた。しかし、彼らは双子ではない。――これは正しいことを言っているのか、それとも正しくないのか？」

目出し帽の犯人（後に《リドル》と呼ばれることになる）は、正解を言えば、祖母は無傷で解放する。不正解なら引き金を引くと言った。

これを聞いたエレノアは疑心暗鬼に駆られながらも、希望を抱いた。なぜなら、幼稚園に勤めるという職業柄、謎々やクイズの類には、精通していたからだ。《リドル》の出題に関しても、正解を知っていた。

エレノアは相手を刺激しないように謙虚な態度で答えた。

「正しいことを――言っていると思います」

目出し帽で表情のわからない《リドル》だったが、それを聞いて、明らかに落胆したように軽く頷いた。そして、硬直したままの祖母の頭から銃口を外して、興味を失った犬のように急に踵《きびす》を返すと、足早に立ち去った。――事件は、それで終わり。

エレノアは、祖母の命が助かり、自分も怪我することもなく済んだが、泣き寝入りはせずに、この一件を警察に届けた。それに対して地元警察はまともに取り合わなかった。現実に被害者が出ていないこと、犯人の要求があまりにも馬鹿馬鹿しく、これは、何かの悪戯《いたずら》ではないかと見做《みな》して、文書に記録は残したものの、現場の検証すらしなかった。

しかし、この地元警察の対応は間違っていたことが、すぐさま判明することになる。

九月二十三日、第二の事件が起こった。

今度の場所はロサンゼルスのダウンタウン。地元のカレッジで社会学を学んでいたカレン・リーガンの元に電話がかかる。歳の離れた妹を誘拐したので、地元の取り壊しが決まった廃ビルの地下駐車場に一人で来いと告げられた。今度もカレンは、警察に届けずに、一人で現場に赴いた。なぜ、被害者たちが揃って警察を介入させなかったのかということが後で議論になったが、誘拐といっても、金銭の要求はないし、これは何かの悪戯に違いないという被害者側のある種防衛的な心理が働いたものと解釈された。

《リドル》は第一の事件とまったく同じに振る舞い、十一歳の少女に銃を突き付けながら、彼の謎々要求をカレンに突き付けてきた。

「その人は何の罪もないのだが、その人を殺せば、世界中の飢餓を、直ちに解消することができる。――あなたがその人を殺すことは、正しいか、正しくないか？」

カレンは焦燥の中、ある答えを用意して、それを口にした。

「不正解」

銃声が鳴り響き、少女は即死。不正解の姉も撃ち殺された。

二人が死んだのに、事件の詳細がわかったのは、カレンが密かに携帯電話を録音モードでオンにしておいたからだった。

この生々しい録音証拠によって、俄《にわか》に特異で異常な犯罪者《リドル》の存在が浮かび上がり、関係各所への照会によって、二週間ほど前のサンフランシスコ、タパスタウンの事件との結びつきも濃厚なものとなり、地元警察の管轄を越えて、ＦＢＩのロス支局の特捜班が事件を取り仕切ることになった。その現場のリーダーがジョイス・エンライト。彼女は異常者の犯罪を多く扱い、また、女性ということもあって、特に婦女子が絡んだ案件に強みを発揮している敏腕捜査官だった。そして地元管轄であるロス市警のコロンビイ警部補はジョイスのサポートに回るという捜査布陣となる。

第二の事件の現場は念入りに調べられることになった。不審な足跡、タイヤ痕、指紋、毛髪、銃弾等々……しかし、採取された頭髪のDNAに前歴はなかったし、わずかな靴跡も、J・C・ペニーのようなところで何万足と買えるようなシロモノで、犯人特定に結びつく可能性は乏しかった。また、現場に残された銃弾も登録記録のないスミス&ウェッソン38口径から発射されたものだろうと推測されたこと以外、官憲のデータベースに該当するような事実は何も出てこなかった。録音されていた犯人の声——声紋についても、高齢ではない男性だろうという分析結果以外、過去の該当データはなし。犯人はどうやらプロではないし、前科もない人物のようだった。さらに、現場を目撃したという救いの天使も現れず、被害者周辺の人間関係における利害や怨恨の線の聞き込みもしたが、何ら成果があがらないまま、捜査は頓挫してしまったのだった。

「何か有力な情報提供をした者に——」ジョイスは藁《わら》にもすがりたい気分でコロンビイ警部補のほうを窺った。「——市警本部のほうで、報奨金を出すとかいう動きはないの？」

即座に首を横に振るヴェテラン警部補。

「駄目ですよ。それは、ほら、去年暮れのニュージャージーの女性連続殺人事件の時、そういうのは、あまりいい方策ではないということになったでしょう？」

「ああ、報奨金目当ての——」

「ええ、金目当てのいい加減な目撃情報とか、特に被害者が女性の場合、事実無根の中傷するような投書もわんさと来て――」警部補は顔を顰めた。「――今度だって、市警のほうに、第二の被害者がインターネットの大手コミュニティー・サイトを介して売春をしていたなんて情報が入って……もちろん、少し調べてただけで大嘘だってわかることなんですが」

「わかったわ。下手に情報提供を求めても、我々の骨折り損の仕事が増えるだけってことね」と言って腕組みをするジョイス捜査官。「――それにしても、外部から何らかの手掛かり――情報がほしいところだわね……」

そんな折も折、行き詰まった官憲を挑発するかのように、十月に入った最初の日に第三の事件が起こった。今度の被害者はクリーニング屋を経営している初老の日系女性アケコ。養子にしていた甥っ子をさらわれて、ゲイの権利獲得で有名なハーベイ・ミルク・ストリートの外れの下水工事現場へ、深夜に呼び出された。

今回も、犯人はまったく同じ状況で謎々ゴッコの要求をしてきた。無教養で頭の回転も少々鈍かったアケコ（今回も警察その他への事前の通報はなし）は、ひどく混乱して、パニック状態に陥り、正解どころか、あらぬことを口走って騒ぎ立てた。――結果は当然のごとく……甥っ子は殺され、アケコも撃たれた。

前回の事件と違い、早くに発見されたアケコは、一命を取り止めた。ところが心の傷は深く、事情聴取をしても、得られるものは乏しかった。

「犯人に会った時、姿は見ていますね？」とジョイス。

「犯人は目出し帽姿だった。それとネル・シャツにジーンズだったか……」と答えるアケコ。

「何しろ暗かったから……」

「どんなことを話しました？」

日系女性はブルネットの頭を抱えた。

「わからない。覚えていません。現場での記憶がなくて――」アケコは明らかに精神的外傷《PTSD》に陥っていた。「頭の中が真っ白で……カチオ（甥の名前）が撃たれたことすら、覚えていない……あたし、何か……おかしいです……何も記憶がないんです。感情もおかしくて、何も感じない……」

「ご同情します。――では、犯人に心当たりは、何か恨まれるような相手でも――」

アケコは顔を上げると、嚙みつくように言った。

「そんなの、あるわけないでしょ！　昨日まで、何事もなく平和に平凡に生きてきたのに……突然、こんなことになって！」

事情聴取の後、お調子者の市警本部長が、マスコミの記者会見に応じてしまった。ＦＢＩとしては、まだ捜査がまったく進展を見ていない時点で過剰に騒がれるのは避けたかったが、ジョイス捜査官までが図らずも質疑応答の場に晒されることになってしまった。しかし、彼女は、逆にこれを奇貨として利用することにした。官憲の発表にわざと間違いを混入させたのだ。被害者アケコの名前を意図的にアキコと偽り、現場の駐車場のあるビルの名前のスペルにも、Dを余計に一つ付け加えた。

このFBI敏腕捜査官の作戦は、捜査陣の省力という点で、一定の成果を上げた。

翌日、新聞・テレビ・ネットが、「謎々出題殺人鬼《リドル（一部スフィンクス）》の所業」――を煽情的且つ大々的に取り上げ、世間は騒然となり、刺戟に弱いイカレた連中が、すぐさまそれに反応したのだ。

【《リドル》は俺だ。職業は大学の宇宙物理学者。次なる謎々は、夜になると、涙を流しながら、背が縮むもの、なぁ～に？　ところで現場のトッド（Todd）・ビルでは何か見つかったかね？　豚野郎ども！】

【おとといレイチェルは十七歳だった。なのに、来年はもう二十歳になるという。ど～してだ？　これが、次の謎々だ。諸君も鈍い頭で正解を探してみたまえ。制限時間三十秒、アキコの次に狙う相手は、ローレルヒルズに住む裕福な未亡人とその息子だ】

【謎々は教えないが、ヒントだけは教えよう――すべての西海岸のサーファーは禿げ頭である。わかるかな？　《スフィンクス》＆《リドル》より愛を込めて】

――などという、全国からの投書やメールが、事件報道の翌日から十日間で約百三十通届いた。もちろん、それらの殆どが悪戯か妄想家の手によるもの（中には差出人住所が精神科療養所気付のものもあった）だったが、そのうち百通ほどがジョイスの仕掛けた罠に引っかかって、捜査官の余計な手間と残業が回避できたのだった。

仕分けられた投書の山を前にして、ジョイスは溜息交じりに言った。

「暇を持て余したイカレポンチが大漁捕獲だけど、少しは手間が省けたかしらね」

「結局、三十通ほどが、ボーダーで――」と相槌を打つコロンビイ警部補。

「科捜研に回しても、期待薄でしょ。偽物はべたべた指紋をつけたり、痕跡を残すだろうし、本物は絶対何も手掛かりを残さないはずだから」

「まあ、そうでしょうが……」そこで、話題を変えて、「――《リドル》の奴は、なんだってこんなことを繰り返すんでしょうね？」

「なんでなんでしょうね？」いささかうんざり顔で訊き返すＦＢＩ捜査官。「子供の頃、遊び相手がいなかった？　トラウマ？　精神科医ならそんな耳タコの話をもちだすんだろうけど――

――」

「私、思ったんですが――」コロンビイは火の付いていないシガリロを挟んだ手の親指で額を掻きながら、「今度の相手は謎々がウリですよね？」

「それが――？」

「いえね、偽の謎々投書を見ていて気付いたんですが、《リドル》の謎々というやつが、どこか変化してるというか……」

「どういうこと？」ジョイスは市警の共闘者に向き直った。

「いえね、フリスコの最初の事件、あれは、失敗しているでしょう？」

「ああ、謎々に正解されてしまったからね」

「はい。えーと、同じ母親から同じ日時に生まれたのに、双子ではない、とかいう出題で――」

「その問いに、被害者は正解できた」

「ああ、そう」そこでコロンビイ警部補は斜視気味の目を細めて、「――ええっと……正解はなんだったんでしたっけ？」

「あれって、有名な謎々じゃない。子供を相手にしてる人なら――」言いながら、自分はどれだけジョナサンの相手をしてやっているのかと、つい自責の念に駆られる。「――たいていは知ってるわ。正解は――正しいことを言っている。理由は、双子ではないが、三つ子のうちの二人だった――よ」

「おお」コロンビイ警部補の顔が輝いた。「ウチ、子供いないもんで、気が付かなかった。そう言われれば、そうですな。ああ、やっぱりジョイス捜査官と組めてよかった……」風采の上がらないコート姿の警部補は、間髪を入れず、話を続けた。「――それでみんなが知ってるような謎々が、あっさり解かれちまって、殺しの愉しみを遂げられなかった後は、犯人も、少し工夫して次に臨んだわけじゃないかと――」

「そう、それは私も気になっていた」と腕組みをして考え込むジョイス。「ロスのカレッジに通う女子学生の妹の事件の謎々は確か――」

コロンビイ警部補が老眼鏡をかけて資料に目を落とす。

「えーと、遺体の傍らに落ちていた携帯の録音記録に残っていた謎々は確かこんな……何の罪もないのだが、その人を殺せば、世界中の飢餓を、直ちに解消することができる。――あなたがその人を殺すことは、正しいか、正しくないか？――というものでした。これは――」

ジョイスが後を引き取った。

「最初の謎々とタイプが違うわね。正解が一つとは言い切れない……何か、《究極の選択》を強いられる、大袈裟に聞こえるだろうけど……哲学的な問い――という感じね」

「しかし、答えは一つでないにしても、女子学生は『不正解』となって、人質もろとも殺されたわけだから、犯人の中で《正解》は決められていたと見える」

「奴が一連の事件を一種のゲームと考えて、あくまでもフェアにやり遂げようと考えているのならね」

「一回目の未遂事件では、正解されて、被害者たちを見逃しているわけだから、やはり、フェアにやろうと決めているんじゃないんですかね？」

「あたしも、そう思うわ」

「FBIのプロファイリングの結果は?」

ジョイスは皮肉っぽく肩を竦《すく》めて、今度は自分のパソコンのファイルを参照した。

「容疑者は独身男性。年齢は三十代後半。体力的には脆弱《ぜいじゃく》なほう。一人住まいで、友人・親族の類はほとんどいない。孤独な生活を強いられていて、自己顕示の欲動が膨張しているかもしれない。肉体労働でなく、高学歴を必要とする知的職業に就いている可能性あり。言葉や文章を扱う文筆業とか教師とか……あるいは、そうした職を失って、社会に恨みを抱いている場合もあり得る。だが、経済的には、まだ逼迫《ひっぱく》するまでには至っていない。ゲーム等に執着する幼児性が抜けていないが、どういうトラウマを抱えているのかは不明。性的な異常性については、現時点では顕著な証拠は見出せず」

「目出し帽を被っていたという外見と、情報量はあまり変わりませんな。叩き上げの捜査官なら、それくらいの犯人像は見当がつけられる。まったく、プロファイラーって奴らはね——」

そこでヴェテラン警部補は舌打ちをした。「——いずれにせよ、我々は、排除した偽手紙の百人を除く、あと一万三千二百十七人のオタク野郎を相手にしなけりゃならんわけですな?」

ジョイスは思わず破顔した。彼女はコロンビイのこうした物言いが気に入っていた。

「まあ、ともかく、あなたの言うように、《リドル》は進歩しようとしてるわね。少なくとも、二度目は、正解が蠟燭だなんていう、単純な謎々は出してこなかった」

「三度目に奴が、どんな謎々を出題してきたかわかれば……何というか、パターンのようなものが読めて面白かったんですが……」

「そうね。でも、被害者は精神をだいぶ損なっているみたいだから、それも期待薄でしょう……」と悲観的な答えを返すしかないジョイス捜査官だった。

2

進展しない捜査に悲観してばかりいるわけにもいかなかった。捜査手詰まりの中で、またしても、十月の十三日に、第四の事件が起こってしまったのである。それがアフロ・アメリカンの女性マーサとその息子を犠牲者とする事件だった。

マーサ絶命後に、FBIロス支局で、何度目かになる捜査会議が開かれた。今回は、コロンビイ警部補の他にも、ジョイスの相棒である日系二世チュウ・カリバ（狩場忠か？）捜査官も同席している。狩場はジョイスより三歳年上のやはりロス支局きっての切れ者だった。狩場は東洋的な切れ長の目を細めて、ジョイスのほうを見ると口を開いた。

「今度の一件で、少しまた犯罪のパターンのようなものが現れてきているね」

「――と言うと？」

「犠牲者のパターンだよ。日系に続いてアフロ・アメリカンの中流以下の女性……裕福なアングロサクソン女性が標的ではないようだから、《リドル》には何か……人種差別主義者《レイシスト》の臭いも漂ってきたじゃないか」

「そうかしらね……第一や第二の事件の被害者が何系なのか、移民なのか、調べてみないと何とも言えないけれど……ともかく、人種差別主義者《レイシスト》のコミュニティー・サイトとかをもう一度重点的に洗ってみることも、しておいたほうがよさそうね」

狩場は頷きながら、

「《リドル》の犯罪には、もっと明確な別のパターンもあるな」

「ああ、確かに、あるわね、犠牲者たちに関して――」と察しよく相槌を打つジョイス。「――必ず、女子供・老婆など、明らかな弱者を人質に取る。周囲に頼れる男性がいない女性を交渉相手に選ぶ」

「母子家庭など独り身で働く女性のリスト……公的か商業的か、ともかくそうした女性を対象にしたアンケート名簿のようなものを持っている可能性があるな。――そっち方面も当たってみる必要がある」

「それから、これは一目瞭然だけど、謎々には精通しているらしきマニア……」

これには少し当惑気味に応ずる狩場。

「謎々マニアについては、そうした同好サイトがあるかもしらんが、ごく個人的な嗜好だとすると、辿るのは難しいかもしれないな……」そこで話題を変えて、「偏執的といえば、《リドル》は、標的——被害者に関して、事前にかなり詳しく調べているようだが？」

　ジョイスは頷きながら、

「そうね。あまりにも事をスムースに運んでいる。自分のターンでしか勝負しない」

「それで思い出した——」コロンビイ警部補が口を挟んだ。その顔はいつになく難しいものになっている。「——ジョイス捜査官に、お見せしたいものがあるんですが」

「何？」

「いえ、市警やFBI支局に届き続けている投書の中にこんなものが……多分、あなたが目を通した分には含まれていなかったと思うんですが——」

　そう言いながら、コロンビイ警部補は一枚のコピーを差し出した。それには、タイプ打ちらしき文字で、こんなことが書かれてあった。


**　ジョイスって呼んでいいかな？　FBIの敏腕捜査官様よ。これはラヴ・レターと思ってもらっていい。トッド（Tod）・ビルの事件では、記者会見ご苦労様。ビビりまくっていたアケコは元気になったかな？　あの頭の悪い女は、大したことも覚えていなかったようだな。**

**　ところで、記者会見はテレビで拝見したよ。俺は、禿げの市警本部長より、そばで不機嫌そうに質疑に答えていた、あんたのほうが気に入っちまった。鼻が細い女は好みなんだ、**

愛しのジョイス様。アイルランド系の女の気の強さが、そんな職業を選ばせて、司法省勤めの旦那とも別れちまったのかい？　いや、それよりも、聖パトリック学園に通ってる孤独なジョナサンのほうが心配だよ。あの金髪碧眼の天使のように可愛い子。ある種のオヤジにはたまらんからな。

まあ、せいぜい気を付けるこった。俺と君は必ず会えると信じている。

――忠実なる僕《しもべ》《リドル》より

3

コピーをデスクに置いたジョイスの顔は蒼白になっていた。コロンビイ警部補が、

「建物の名前も被害者の名前も正確に書いてますな。これは、かなり信憑性が高い投書だと――」

警部補がみなまで言い終わらないうちに、ジョイスはデスクの電話の受話器を取り上げた。

「特捜のジョイス・エンライト捜査官。すぐに、聖パトリック学園と私の自宅に警護の配備を。《リドル》が私の息子を狙っている可能性があるの。息子の名前はジョナサン。……ええ。すぐに手配してちょうだい！」

《リドル》には、もちろん策があった。

テレビの記者会見で見たFBI捜査官のジョイス・エンライトを気に入って（容貌は確かに彼の好みだった）、雷に打たれたような気分になって、なんとか彼女を自分のサディスティックな支配欲の下に組み伏せたいと思った。天使のような息子（彼はすでに、ネットの裏サイトで知り合った情報屋に大枚を摑ませて、彼女が三年前に離婚した母子家庭であるという情報を得ていた）の頭に拳銃をゴリゴリと突き付けて、飛び切り難しい謎々を出題してやって、あの気の強そうな高い頰骨がぺしゃんこに潰れる様を見たいと、切に思った。

しかし、彼は、自らの犯罪に熱心ではあったが、馬鹿ではなかった。ジョイスに目をつけて警告の投書を送ってしまった以上、相手も警戒して、子供の学校や自宅の警戒を強めることだろう。そんなウサギ罠が仕掛けられているようなところに、のこのこ脚を突っ込みに行くのは愚の骨頂だ。だからこそ、すぐに彼女を襲うことはせず、第四の黒人女性の事件を起こしたのだった。

《リドル》は、いつジョイス母子を襲うとは書かなかった。次の犠牲者にするとも書かなかった。ただ、「俺と君は必ず会えると信じている」と告げただけだ。――お前が犠牲者になるのは次だと順番を指定したわけではない。ただ、適当なタイミングで、あの生意気な女捜査官を少し震え上がらせておく、そして、そのことで、別のある計画から注意を逸らしておこうというのが、彼の真の意図だったのだ。

その計画とは、落穂拾いだ。――最初の失敗した惨めったらしい儀式。

それは、愚かで未熟なスタートだった。この歴史に残る《謎々連続殺人事件》の最初の一歩に自分はしくじってしまったのだ。あの幼稚園の職員が、謎々に詳しいということを、しっかりチェックし、侮るべきでなかった。彼女が即座に答えられないような、もっと難しい謎々を用意すべきだった。

しかし、ルールはルールだ。自分で造ったクールなゲームのルールを自分で破ってしまっては、ちっとも面白くないではないか。――だから、自分はあの時、正解を言ったあの忌々しい女と人質を解放してやったのではなかったか？

取り逃がした雌魚《めすざかな》は、今、安心しきっているに違いない。自分だけは《リドル》の謎々試験に合格して生き延びた。犯人はあたしのことは放免。すでに次の犠牲者たちのことで頭が一杯に違いない。これであたしは一生安泰だ。――だって、昔の兵士は一度砲弾の落ちた穴の中に入っていれば、そこが世界で一番安全な場所だと言っていたそうではないか……なんて愚かなことを考えながら――。

だから、彼が次にやろうとしていることは、安心しきっているであろう最初の獲物を再度襲い、記念すべきスタート時の失敗を贖《あがな》おう――という復讐戦だったのだ。

4

「兵士は一度砲弾の落ちた穴の中に入っていればいい。そこが世界で一番安全な場所だからだ。なぜなら、砲弾が再び同じ地点に落ちる確率なんて無に等しいだろうから――おじいちゃんは、確かそう言っていたわね？」

――と、エレノア・カールトンは祖母に向かって言った。

祖母は頷くと、マントルピースに歩み寄り、その上に飾ってある軍服姿の祖父が写っている写真立てに触れた。

「ほんとにね。おじいちゃんの言うとおり。今、ロスのほうじゃ、あの《リドル》の奴がまだ悪さを続けているそうだけど、私たちは、あなたの機転で助かった。今はいわば、一度空いた砲弾の穴の中にいるようなもの……感謝してるわ」

エレノアは「そうね。このままうまくいくといいけど」と言うと、祖母の頬にキスして、「きょうも残業になりそうだけど、夕食までには帰りますから」と告げて戸口のところまで行った。「きょうは、メイド――ロニの来る日じゃないけど、大丈夫よね？」

「それは大丈夫だけど、それより、あなた、また残業？　デートじゃないの？」祖母はいつもの憂い顔で孫娘の背中に訊いた。「あなたも、そろそろいい相手を摑まえないと。いつまでも婆さんと住んでいて年老いてしまっては……あたしは……独りになってもいいんですよ」

　エレノアは笑顔で振り返って、

「おばあちゃんは、余計な心配はしなくていいの。お父さんとお母さんが早くに亡くなってから、ずっと育ててきてくれたんだもん。今更離れる気はないわ。結婚するにしても、一緒に三人で住める仔羊みたいな男を探してくるから」

――と言うと、玄関の扉を後ろ手に閉めた。


　エレノアと祖母の心温まる遣り取りを聴いて――それも盗み聞きしている者がいた。

――《リドル》だった。彼は、三日前から、二人が外出している時に、彼らの倹《つま》しい家に忍び込んで、リヴィングルームに据えられた安っぽい紛《まが》い物のマントルピースの裏に盗聴器を仕掛けておいたのだ。《リドル》は計画を遂行するに当たっては、まず、犠牲者のことを徹底的に調べる主義だった。事前に相手を知り尽くしていれば、事を起こしても、しくじることはない――確か、昔の中国の偉い兵法家も、そんなことを言っていたではないか……。

　エレノア宅の前の通りの反対側に停めた、ありふれた白いフォードのバンの中で、電波が送ってくる会話を聞く《リドル》の顔が思わずほころぶ。

――なんだ、こりゃ、奇遇だな。あの女も、まさに俺と同じようなことを考えていたのか。あの女は、例の砲弾の穴の中は安全――という迷信を無邪気に信じてやがったわけだ。こりゃ、面白いじゃないか。

——だがな、お馬鹿さん、お前もお前のおじいちゃんも間違っている。砲弾の穴の中は安全——というのは、第一次大戦に兵隊たちの間に流行ってた、完全な迷信に過ぎないんだよ……そう、この話を例の謎々に採用してもいいんだが……さて、どうするか……。

そこまで考えたところで、玄関の戸口にエレノアが現れた。彼女は、《リドル》の予測通り、そのままいつもの通勤路であるドラッグストアの角を曲がって、バス停のほうへ消えて行った。日が暮れて、自分の思い定めた時刻になると、《リドル》は車から降り、周囲に人影のないことを確かめてから、革手袋を嵌《は》めて、エレノア宅の玄関のほうへ歩み出した。サングラスをかけ、キャップを目深《まぶか》に被り、ポケットにはある種の薬剤をたっぷり染み込ませたハンカチと粘着テープ、そして黒いニットの目出し帽を忍ばせていた。

そして、戸口のチャイムを鳴らし、明るい調子で声をかける。

「カールトンさん、すいません、フェデックスの宅配便ですが、サインを……」

その日は、警察の介入する暇を与えず確実に計画を遂行するために、謎々大会の場所は、エレノア宅と定めていた。隣家は少し離れた距離にあったが、今回は、念のために消音器付の自《オー》動拳銃《トマティック》（薬莢の処理は、もちろん怠りなくするつもりだった）を用意していた。

《リドル》は、すでに意識ははっきりしているが口には粘着テープを貼ってある「おばあちゃん」をリヴィングのソファに座らせ、自分も彼女の隣に腰を下ろして、夕食時間に三十分遅れたエレノアを出迎えた。もちろん、老婆のこめかみには消音器付拳銃が押しつけられている。

「また、あなたは……」と言って、エレノアは絶句した。

「久し振りだな。逢いたかったよ」《リドル》は目出し帽の奥でにやりと笑った。

「なんで、また、あたしたちを……」乾いた声で絞り出すように言う哀れな犠牲者。「……狙うの？」

「なんで、二度も狙うのかって？」《リドル》は愉快そうに言った。「――さあ、俺のプライドがそうさせるのかな……」

「そんなのフェアじゃない！　この間、あたしは正解したじゃない！」

「そら、そうだが――」小狡《こずる》い《リドル》は話題を即座に逸らせた。「――それより、あんた、一度正解したことで、自分たちは、《安全な砲弾の穴》の中にいる――って思い込んでいたんじゃないのか？」

それを聞いたエレノアははっとして、

「どうして、それを……」

《リドル》は、空いている左手に握った、さっき外したばかりの盗聴器を掲げた。

「こいつで、ここ数日のあんたらの心温まる会話を聞かしていただいていたもんでね」

歯噛みしたまま言い返すことができないエレノア。構わずに《リドル》は自分の話を続ける。

「あんたの軍人のじいさんは、間違ってる。砲弾で空いた穴は一番安全な場所——というのは、第一次大戦中に臆病で無学な兵士の間に流布した根拠のない迷信だ」

「どうして、そんなことが言えるの?」エレノアは目の前で悦に入っている狂人に話を合わせて、なんとか時間を稼ごうとした。

「確率論的には——」《リドル》は大学教授のような偉そうな口調で答えた。「一度砲弾が落ちた同じ場所に二発目の砲弾が落ちる確率が極端に低いということは、ないからだ。なぜかというと——」

《リドル》はそこでいったん言葉を切り、エレノアは黙ったまま先を促した。

「このお題を、今回の謎々にしてもよかったんだが……まあ、あんたには、せっかく別の謎々を用意してきたことだし、これについては、正解を教えて進ぜよう」

「わかったわ」エレノアは挑戦的な態度で相手を遮った。「——たった今、正解が。砲弾が落ちる確率は、一度落ちて穴が空いた場所も、他の場所も変わらない。——なぜなら、砲弾には記憶がないから——」

《リドル》は身体を心持反らせ、目出し帽の奥で悔しそうに鼻を鳴らした。

「さすが、唯一正解して、死のゲームから逃れたお嬢さんだ。賢いじゃないか。しかし——」

《リドル》は意地悪く言った。「今のは本番じゃない。あんたには、別の出題が用意してあるといったろう?」

「ずるいじゃない」エレノアは必死で言った。「あんた、どれだけ、こんな馬鹿げたことを続けたら気が済むの？」

「馬鹿げたこと――はないだろう」《リドル》の声が急に冷えたものになった。「――俺だって、このゲームには命をはって真剣にやってるんだ！」

拳銃を突き付けられた「おばあちゃん」が、身を捩《よじ》ってもがき、孫娘のほうも震え上がった。

狂人相手に刺戟し過ぎたことを後悔した。

「ご免なさい、ご免なさい……あなたを、怒らせたのなら、謝るから……もう、あたしたちを許してちょうだい……」

「駄目だ」《リドル》は冷たい口調を解かずに言った。「――俺の怒りを鎮める唯一の方法は、これから出題する謎々に、お前が答えることだ」

エレノアは目出し帽を被った感情のない謎々ロボットをしばらく見つめてから溜息をついた。

「わかったわ。出題してちょうだい」

《リドル》の口調が少し愉快そうなものに戻る。

「賢い娘だ。何を選択したらいいのか、わかっているだけでも」

それから新しい謎々が出題された。

「友人たちに囲まれて安らかに三十六歳で死ぬのと、八十六歳まで生き延びて、最期は苦しみながら独りきりで死ぬのと、俺はどちらを望んでいるか？」

「それが謎々……」エレノアは首をかしげた。「この間のとは違う。正解は一つではないでしょう？」

「まあ、一般的にはそうだが、俺は違う」

「あなた、このゲームをフェアにするつもりはあるの？」

「もちろん。それでなけりゃ、面白くないからな」

「じゃ、あなたの中で正解は一つに決められてるわね？」

「決めてある。誓って」

「その証《あかし》は？」

「さっき、ポケットの中に正解を書いた紙片を入れておいた。裁決を下す前に、それを見せる。

――制限時間は九十秒」

制限時間を聞いたエレノアは反応する間も惜しんで、必死に考えた。

そして、「あと五秒」と告げられたところで、口を開いた。

「あたしは推理してみた。あなたが、なぜ、危ない橋を渡りながら、こんな馬鹿げたことを繰り返すのか――」

《リドル》は今や本当に楽しそうに語る。

「ほう、さすが女ホームズ先生、その推理の導く答えは？」

「――それは、あなたに未来がないからよ。あなたは、末期癌か何かの不治の病で、余命あと一年とかって告げられている。だから、自棄《やけ》になって、こうして死の道連れを募って、自分の死の恐怖と孤独を癒し、——そして、犯罪が露見しないうちに——来年あたり、家族や友人に囲まれて安楽死でも企てるつもりなんでしょ？」

《リドル》は返答せず、黙って先を促した。

「——だから、正解は、安らかに三十六歳で死ぬのを望む——よ！」

《リドル》は例によって、もったいぶった間を置いてから口を開いた。

「ブー！　不正解！」

「そんな……」

《リドル》は空いている手で左のポケットから紙片を取り出し、犠牲者の前に掲げた。——そこには、太字のフェルトペンで、こう記されていた。


俺はまだまだ生きたい。人生には苦楽は付き物だ。たとえ最期が、苦しくて、友人もいない孤独な身であっても、八十六年の人生の大半を苦楽を味わいながら生き延びることを望む。

その文句をエレノアが読み終わると同時に、「おばあちゃん」は凶弾に貫かれ、血やその他のものを飛び散らせて、ソファに倒れ込んだ。

そして、それを見た孫娘が悲鳴を発する前に、第二の凶弾が彼女の胸を撃ち抜く。銃声は両方ともシャンパンの栓を抜いた時より小さいものだった。

老婆と孫娘の血飛沫《ちしぶき》に塗《まみ》れた《リドル》は、正解が書かれた紙片と共に拳銃を左のポケットにしまった。それから、エレノアの死体を見下ろして、

「──手を焼かせたが、やはり愚かな娘だったな」

──と、呟くと、今度は右のポケットから紙片を取り出して、瞳孔が開いた死者の、すでに何も見えなくなっている目の前に、これ見よがしに掲げた。

そこには、こう記してあった──。

人生は苦しみに満ちている。俺の孤独な半生がそうだった。この先もそうだろう。だから、もし、友人に恵まれて、彼らに囲まれて、安らかに三十六歳で死ねるなら、そちらを望む。

《リドル》は、その紙片を血塗れの死体の上に無造作に置いた。

──ロスでのんびり構えている捜査陣に、手掛かりの一つぐらい残しておいてやるのもいいだろう……。

5

サンフランシスコでの《リドル》の再試合犯行の二日後、午後三時、FBIロス支局のジョイス捜査官の部屋にて。

例によって、ジョイス、狩場のFBIコンビに市警のコロンビイ警部補が捜査の進捗状況に関して話し込んでいる。

狩場は切れ長の目を細めて、ジョイスのほうを見ると口を開いた。

「こちらが、君の警護に気を奪われている隙に、まんまと裏をかかれたな」言葉とは裏腹に、狩場の態度は、いつもの東洋人らしい冷静なものだった。

「私のことで、こんなことになって……ご免なさい」と言って歯噛みするジョイス。

「いや、君を責めているわけじゃないよ」思わぬジョイスの反応に、狩場は珍しく狼狽《ろうばい》気味に言った。「――シスコの未遂事件なんて、とっくに終わったものと、ローマ法王でも思っていただろうし。私はただ、《リドル》の奴がこちらが思っているよりフェアでない――狡猾で卑劣な男だということを言いたかっただけだ」

「そうですよ」とコロンビイ警部補も同調する。「奴は、いかにもあなた方母子を狙っていそうな口ぶりだったし、……まあ、全能のプロファイラー殿に、奴は意外に狡猾且つ卑劣な性格だったとでも付け加えるよう、教えといてやればいいだけのことで」

　ジョイスはようやく微笑を見せた。

「そうね、後悔している暇はないわ。――ともかく、《リドル》は、完全主義者でもあって、シスコで最初に犯した過ちを修正することに成功した。そして、そのことに気を良くして、まだ犯行を重ねる可能性大なのだしね」

「シスコから送られてきた、現場の遺留品――」コロンビイ警部補が口を挟んだ。「あの、《安らかに、三十六歳で死ぬのを望む》――とかって書いてあった紙片をどう思います？」

「世間へのメッセージかしら。自分は苦しく孤独な半生だったから、世間の人たちを理不尽な道連れにして、自分も遠からず若死にするんだという――」

「これが単純な犯罪者なら、そう解釈したいところだが――」狩場がサムライのように禿げ上がった額に手を当てて思慮深げに言った。「私は、はっきり、違うと思う。《リドル》は単純でもないし、狡猾且つ卑劣で、おまけに、こちらが思っているほど独創的な犯罪者でもないと思うから――」

「独創的でないとは……どういうこと？」

「うん、《リドル》が繰り出してくる謎々――あれが、判明している限り、オリジナルではないということだよ」

「ああ、そういえば、最初の事件で、エレノアは、出題された謎々自体を知っていて、正解できたんだものね」

「そうそう――」とコロンビイ警部補が頷きながら、「最初のシスコの事件の謎々――双子のやつは、ジョイス捜査官も正解を知っていましたものね」

「そこで第二の事件で《リドル》は、少し方針を変えてきた」

「一つの定まった正解が決まっていない、究極の選択のようなタイプの謎々に、ね」

「そう。《リドル》の胸先三寸で、いかようにも正解が変えられるような、被害者が正解を言い当てて逃げ切れないような、狡猾な手に方向転換をしてきた」

「今回の復讐戦も、その狡猾な手だった、と？」

「うん。そして、その究極の選択タイプの謎々にも、オリジナリティはなかった。あの第二の事件の、殺せば飢餓がなくなるとかいう選択問題も、私はどこかで聞いたことがある」

ジョイスは察しがよかった。

「じゃ、今度の謎々も先例がある――究極の選択タイプのものだというのね？」

狩場はおもむろに頷いた。

「あの文面を回答の一つとする究極の質問に覚えがある」

「それは？」

「出典は記憶にないが、確か大筋こういうものだった――」狩場は再び聡明そうな広い額に手を当てて記憶を手繰りながら一気に喋った。「――友人たちに囲まれて安らかに三十歳代で死ぬのと、八十歳を越えるまで生き延びて、最期は苦しみながら、独りきりで死ぬのと、どちらを望むか？」

「なるほど……」ジョイスは大きく頷いた。「《リドル》は、そうした究極の選択の謎々を被害者に出題した、と」

「被害者のエレノアは頭がよかったようだから、そう聞かれて、正解が一つでない究極の選択の質問を出題されているのだと察知した。そして、多分、《リドル》に対して、あなたは心の中で自分の答えを一つに定めているのかと問い質《ただ》したのだと思う」

「それに対して、《リドル》は……フェアな振りをして、当然、答えは一つに定めてあると言ったんでしょうね——その答えが、この紙片に書かれている文面だったということね？」

狩場は慎重に訂正した、「答えの一つだったと思われる」

「ああ……奴は狡猾で卑劣だから——」

「そうだ。奴はこの復讐戦に、どうしても負けるわけにはいかなかった。被害者の答えを不正解と認定して、殺さねばならなかった。——だから、卑劣にも、答えの紙片を二つ用意しておいて、被害者が何がしかの答えを言ったら、それとは逆のほうの答えを書いた紙片を選び出し、さも、それしか用意していなかったかのように見せかけて、これ見よがしに彼女の前に掲げて、そして……バン！　だ」

ジョイスは思わず顔を顰めた。

「つまり、反対の、八十過ぎまで生き延びる――という回答文面の紙片が現場に落ちていたとしても、そこで起こったことの中身は同じということになるわね」

狩場は黙したまま頷いた。

コロンビイ警部補が最後に「なるほど、こりゃ、プロファイラーが金リボンを進呈したくなるような、狡猾且つ卑劣な奴ですな」と締め括《くく》った。

「シスコの二度目の事件で、何が起きていたかは、大方の予想がついたけれど、《リドル》は、この後、どう出るつもりなのかしらね？」

狩場も同僚と同じように顔を顰める。

「やはり、この復讐劇の成功に気をよくして、謎々殺人を続けるんだろうな」

「ともかく、ロス市内全域で、監視カメラ《CCTV》と交通カメラに、目出し帽の姿でいいから顔認識システムを繋いで、制御と強化をすることね」

「目出し帽で顔認識すると、ここではチンピラ強盗がいっぱい引っかかるでしょうなぁ」とコロンビイ警部補が溜息交じりに言ってから、思いついたように、「また、あの手を使ってみては？」と付け加えた。

「あの手？」

「ええ。今度のシスコの一件は、ＦＢＩが仕切ったから、情報の漏洩は抑えられているんでしょう？――例えば、被害者の遺体の上に置いてあった謎々の答えの紙片のことか……」

「ああ、そうね。そのことはまだマスコミに流していないから……死人以外は犯人しか知らない事実ということになるわね。あれから、また投書は来てるの？」

コロンビイ警部補が頷きながら、

「昨日、事件が報道されてから、また、俺様こそが《リドル》だとか、二十一世紀のジャック・ザ・リパーだとかほざく阿呆どもが、せっせとお手紙やEメールを——」

「それらを分析して、回答紙片のことに触れているものがあったら、要注意——と言うか、その差出人こそが本物の《リドル》ということね」

「必ず、何か言ってきますよ」ロス市警のヴェテラン警部補は請け合った。「例のプロファイラー報告には、自己顕示欲強し——ってのも、あるんでしょ？」

6

上首尾の復讐戦から三日目の朝、《リドル》は幾分かの苛立った気持ちと皮肉なユーモア精神と膨張する一方の自己顕示欲でもって、その書状をしたためていた。

俺様は完全主義者だ。だから、このゲームが、ベースボールの対戦だとしたら、一回も

出塁させず、失点もしない《完全試合》というのをやってみたい。それゆえ、シスコのタパスタウンでの一回の失点が、どうしても許せなかった。だから、今回、それを取り返したというわけだ。――そうだ、エレノアの一件は、俺様のしたことだよ。

ベースボールの譬《たと》え話をしているからといって、俺の推定年齢を高めに設定し直すなよ、ＦＢＩ嘱託のプロファイラーさんよ。俺様は三十代から八十代のいかなる年齢でもあり得るのだから。

年齢と言えば、俺様は、そのことを記した手掛かりを現場に残しておいてやった。――それなのに、捜査陣は三日経っても、その情報を公開せず、あれが俺様の手による犯行だということも正式に認めようとしない。自分たちの失点を認めようとしないチームは最低だね。だから、俺様は、この書状を書いて、猛省を促すことにした。同様の書面の手紙を、ロサンゼルス・タイムズ紙とＣＮＮの報道局にも送っておくよ。

俺様がサンフランシスコのベイヴューから事を始めてロスに南下してきたのは、俺の半生の軌跡を辿ってきたということだ。――だからと言って、俺がハンターズポイントの生まれだとは思うなよ。俺はシスコの生まれだが、それはベイエリアのどこかかもしれないし、カストロ通りのどっかかもしれん。まあ、これ以上の手掛かりを与えるほど俺は馬鹿じゃないしな。なあ、食肉専用鶏のブロイラー――いや、失礼、プロファイラーの先生様よ。

次の対戦相手は、どうしよう？　ロスの南……懐かしのエスコンディードのメキシコ人街のほうでも、ぶらついてみるかな。得てして移民には、強打者や剛腕投手がいるもんだから……。

――それとも……そちらも、そろそろ頼りになるリリーフ投手でも呼んで、ブルペンで肩でも作っておいたほうがいいんじゃないか。

――忠実なる僕《しもべ》《リドル》より

手紙をタイプで打ち終えた《リドル》は、最初から読み直してみて、少し饒舌すぎるかな、と思った。それから、手掛かりを与えすぎているかな、とも思った。しかし、結局書き直さずに、そのまま投函することに決めた。この手紙には多少の手掛かりもあるが、曖昧さや誤導《ミスディレクション》も仕掛けてある。ＦＢＩの盆暗《ぼんくら》連中は、それにぱっくりと喰いついて、いっそう混乱することだろう。

――そんなことより、次の謎《リドル》々をどうするか、だ……。

《リドル》は、次に使う謎々に考えを巡らせた。彼は子供の頃から謎々が大好きで、様々なタイプのものに通暁していた。

子供の頃から、自分の出題する謎々で、誰かに遊んでほしかった。

「ねえ、ママ、新しい謎々があるんだけど……黄色い三角帽子を被って、いつも泣いている―

――」

しかし、母親は子供の言葉を断ち切るように遮る。

「今、忙しいんだよ。それどこじゃないの。あんたの呑んだくれの父親がくたばってから、あたしは、一日十二時間働かなきゃなんないんだから……」

校内人気第四位のブロンドのチアガールは彼を奇態な虫でも見るような目付きで見下しながら、吐き捨てるように言った。

「は、あ？　いい歳して、謎々で遊ぼうって――あんた、キモいのよ！」

同僚の中でも一番大人しく控えめだった女性も言った。

「あなた……物知りで、いい人だとは思うんだけど……なんか、あることに執着し過ぎるところが……あたしには、どうしても、ついていけないと思うの……わかるでしょ？　だから、ご免なさい――」

――糞、糞、糞！　楽しい謎々のことを考えるつもりが、またしても、昔の嫌なことを、屈辱的な出来事の数々を思い出しちまった！　畜生！　気分が悪い。自分を侮辱し続けた奴らを、世間を見返すために始めたことなのに……こんなに集中力のないことじゃ、とても九回完投勝利ってとこまでは、いかないぞ……。

《リドル》は、そこで、一度、深呼吸をすると、気分を鎮めて、再び、《オクスフォード版世界謎々大事典》の分厚い本の頁を繰り始めたが、すぐにそれを閉じることになる。

――いかん、いかん、この次の勝負は、純粋に自分自身の力でやり遂げたい。毎度、こんな本に頼っていては、いつかはバレてしまう。次の相手には真剣勝負で臨みたい。だから、少なくとも、自分が子供の頃から知っている中でも飛び切りの、絶対に正解を導き出せないような難しい謎々を用意して……。

7

「我々の文通友達《ペンパル》は――」コロンビイ警部補は幾分愉快そうに言った。「我々のことを忘れていなかったみたいですな」

狩場捜査官も頷きながら、

「それに、今回は筆力旺盛……随分と長文のお手紙じゃないか？」

「やっぱり、私たち、愛されているんでしょう」と応じるジョイス。

サンフランシスコの事件から四日目の午後、再びＦＢＩロス支局のジョイスの執務室に《リドル》事件捜査陣が集まり、彼から送られてきたと思しき書状を前にして、鳩首《きゆうしゆ》会議を始めていた。

「消印はロス市内のパームデール。昨日の昼過ぎに投函されている。ロサンゼルス・タイムズとCNNにも、ほぼ同じ書面の書状が届いているのを確認したわ。コピーがファイルの中に入っているから後で見ておいて。――前回の私を名指しにした投書の消印は、サンバーナディーノだったけれど、これから、古いタイプライターによるらしい印字や用箋や封書が同じものかどうか分析に出す予定よ。――で、皆さんのご意見は？」

「電子メールを使わないのは――」コロンビイ警部補が頭を掻きながら言った。「――やはり、年齢層が、こちらの予想より少し高いんでしょうかね？」

「いや」狩場が言下に否定する。「そうとも限らんぞ。電子メールはお手軽だが、今はデジタル手段のほうが、思わぬところで足が付きやすいともいえる。なにせ、電子の連鎖による通信は、その連続性から案外痕跡を辿りやすいからね。むしろ、こうした、手紙みたいな物理的に不連続なアナログ手法のほうが、注意深くやれば安全だと犯人は思っているのかもしれん。その意味では、むしろ逆にある程度は、パソコンやデジタル通信の事情を知っている世代の奴だという可能性があるかもしれない」

「はあ、なるほど、そんなものですか……」とデジタルが苦手なコロンビイ警部補は頷いた。

「――それにしても、《リドル》の奴、プロファイリングのことは、随分、意識しているみたいですね」

「ああ。文面にも、それが出ている。ブロイラーだとか、揶揄《やゆ》して――」

デジタルが苦手なだけでなくプロファイリングにも信を置いていないらしい、叩き上げのヴェテラン警部補が思わず苦笑する。狩場はそれには構わずに続けた。

「——出身地だとかベースボール好きなこととか年齢だとか、あれこれ曖昧にして、意識して、こちらを迷わせようとしているようだな」

「でも」とジョイスが口を挟んだ。「ここのところの——三十代から八十代で云々と書いてあるところとか、年齢に関する手掛かりは現場に残していったと言っている件は、チュウのこの前の推理通りで、これは、やっぱり犯人だけしか知り得ないことだから——」

「そうだね」チュウ・狩場が頷く。「この挑戦状が《リドル》の手によるものであることは間違いのないところだろうが……」

「つまり、奴はやはり——」コロンビイ警部補が言った。「あたしのとこの管轄に戻ってきたわけだ。消印は市内東のサンバーナディーノに北パームデールと来て、市内のあちこちを移動しているみたいだが、文面では、次は南のほう——エスコンディードのメキシコ移民でも狙うようなことが書かれていますが——」

「いや、それも『ぶらついてみる』——なんて曖昧な書き方だし……」と、あくまでも慎重な狩場。「卑劣な奴のことだから、ひょっとすると、それも誤導《ミスディレクション》かもしらんぞ」

「うーん、疑い出したら切りがないし」ジョイスが結論付ける。「まあ、マニアックな奴のことだから、次の自分の犠牲者リストには、日系の次はヒスパニックだなんて書き込んでいる可能性大かもしれない……だから、やはり、市警には南部のほうのメキシコ人街の警戒を強化してもらったほうがいいわね」

「すぐ手配します」とコロンビイ警部補が請け合った後、呟くように、「日系、アフロ・アメリカンの次がヒスパニックなら、やっぱりプロファイラーは、犯人像に人種差別主義者《レイシスト》の気味あり——って付け加えなきゃならんのだろうな……」

ジョイスは頷きながら、ふと気が付いたように、「——あ、それから、私の自宅の市警の警備のほうは、もう解いてください。もっと、ロス全域に人員を投入したほうがいいから——」

それを聞いた狩場が、同僚の言葉を遮った。

「おい、ジョイス、それは早計じゃないのか？　君のところが安全になったという保障は、まだないんだから……」

コロンビイ警部補もそれに続けて言った。

「頭脳明晰なお二人を前に、余計なことはいいたかありませんが、ジョイス捜査官、昔、私の親父たちが戦争に言った時、こんな迷信が広まったそうで……砲弾が落ちて、一度できた穴に潜んでいれば、そこに二度目の砲弾が落ちることはない、と。……ですがね、それは間違いで——」

「大丈夫よ」ジョイスはヴェテラン警部補の言葉を最後まで聞かずに遮った。

彼女はサンフランシスコでの《リドル》の復讐劇に責任を感じていた。自分の家に付けられたような警備は、本来は、無防備で無力な市民であるエレノアの家に付けられて、しかるべきだった。だから、その愚をまた繰り返すというわけにはいかないのだ――。

8

――東のサンバーナディーノに北のパームデール、そして、南のエスコンディードと持ってきて……俺様の真の狙いは、西のヴェンチューラにあったというわけだ……。

と、《リドル》は心の中で独りごちた。市南部のエスコンディードを『ぶらついてみる』と書いたのは、もちろん、捜査陣に対する誤導《ミスディレクション》だった。彼の次の狙いは、市西部のヴェンチューラ郊外にあるＦＢＩ捜査官ジョイス・エンライトの自宅だったのだ。

ＦＢＩへの挑戦状を送りつけてから一週間、《リドル》はずっと、ジョイスの自宅を監視し続けてきた。そして、すでに市警の警備も解かれていることを確認していたし、彼女の八歳になる息子の面倒をみるシッターの動向もチェック済みだった。

今の時刻は九時三十分。《リドル》は改めて、通りの向こうの赤い瓦屋根に白亜の壁というスペイン風の家を注視した。家の明かりは、玄関と二階の一部屋を除いて、消されている。明かりの点いている二階の部屋が子供部屋で、そこにはシッターに寝かしつけられた息子のジョナサンがいること、そして役目を終えたシッターが、すでに家を出て、帰宅の途についたことも、確認済みだった。ジョイスが帰宅するまでの間の——まさに《今》が、計画を実行に移す最大のチャンスだった。

《リドル》は、拳銃の装填を確かめてから、それをベルトに差し、車のドアを開けて、夜の帳《とばり》の中に降り立った。

午後の十時十八分。ＦＢＩロス支局のジョイス捜査官に、直接話したいという匿名の人物から電話が入った。

「もしもし、どなた？」

「ああ、ジョイス・エンライト捜査官？　こちら、文通友達《ペンパル》の《リドル》だが……」

ジョイスの顔に緊張が走り、すぐにそばの同僚に合図して電話の発信元の逆探知（これは国家安全保障局《NSA》と同じ最新のシステムだった）を指示する。しかし、それを見透かしたように《リドル》は言う。

「逆探知は無駄だし、録音も駄目だ。話はすぐ済むから。息子の命が惜しければ、一人で来い」

「どこへ？」

「息子と一緒だと言えば、どこだかわかるだろう？　あんたの自宅だよ。ともかく、同僚にも、管轄署にも連絡を取るな。十五分後にここに来い。変なまねをすれば、すぐわかるようになっている。それじゃ――」

「待って――」

しかし、そこで、電話は切れてしまった。

十五分というのは、自宅まで車で最大限に飛ばして到着する、ぎりぎりの時間だった。《リドル》は何もかも計算済みなのだ。ジョイスは自宅の警護を解いたことを後悔し、歯噛みした。

――しかし、そんなことを考えている暇はない。ジョイスは即断し、同僚には何も告げずに、そのまま地下駐車場へと小走りに向かった。


自宅前で車を止める。車内の時計を確認したが、約束の時刻を二、三分は過ぎてしまっているだろう。しかし、ジョイスは大きく息を吸い込んで気を取り直すと、ホルスターから拳銃を抜き、車の外へ降り立った。防弾チョッキを着込んでいる暇はなかった。

改めて自宅のほうを見ると、二階のジョナサンの部屋の他に、一階のリヴィングルームの照明も点いているのが見えた。シッターのリタの帰宅時には、玄関と子供部屋以外の照明は、すべて消していっているはずなので、これは嫌な兆候だった。きっと、《リドル》は、息子を人質にして、あそこに陣取っているのだろう。

ジョイスは、玄関から家に入るのは避け、庭のほうに迂回して、リヴィングルームの窓のほうへ歩み寄った。

窓の下に潜みながら、中を覗くと、運の悪いことに、まさに正面にいた《リドル》と視線が合ってしまう。奴はお約束のように、ソファに座った子供の肩をしっかり押さえ、もう一方の手に握った消音器付自動拳銃《オートマティック》を、人質のこめかみのあたりに当てている。

「遅かったじゃないか」《リドル》が、まるで旧友のように声をかけてきた。「自分の家なのに玄関の鍵でもなくしたか？　まあ、いい。そこのフレンチドアから入ってこいよ」

ジョイスは言われた通りにした。銃を構えたまま、窓の脇の庭へ出るためのフレンチドアを開け、重心を落とした姿勢でリヴィングルームへ入っていく。しかし、《リドル》は案の定警告を発してきた。

「おいおい、自分の置かれている状況がわかっているのか？　その無粋な銃は捨てろよ。他に選択肢がないのは、よくわかっているだろ？」

母親を見た子供の青い目が、大きく見開かれる。「ママ！」と叫びたいのだろうが、口に粘着テープを貼られていて、それもできない。ジョイスは黙ったまま、卑劣な指示に小さく頷いて、わざとゆっくりと銃を床に置いた。

「手を挙げろ」

言うとおりにした。これで自分は、どんなに射撃が下手な相手でも、外さない距離にいる的《まと》と化したことになる。いっぽう、こちらが隙を見て相手に飛び掛かれる距離でもなかった。

「もちろん、独りだよな」

「独りじゃないかどうか、察知できるんでしょ？」

「まあな」

――ＦＢＩに内通者でもいない限り、それは無理――相手の返事は多分嘘だろうとジョイスは踏んでいた。だから、自宅前で車を降りた時に、すでに同僚のチュウに応援の緊急信号を送信しておいた。彼がＧＰＳで彼女の位置を確認して狙撃部隊と共に駆け付けるまでには、やはり十五分はかかるだろう。それまで、《リドル》の漫談に付き合って、気を逸らせ、時間を稼ぐつもりだった。

「挑戦状にあったように――」ジョイスは口を開いた。「エスコンディードでヒスパニックを狙うんじゃなかったの？」

「俺はエスコンディードでヒスパニックを狙うなんて、一言も書いちゃいねえぜ。ただ『ぶらついてみる』と言っただけだ」

「相変わらず卑劣ね」相手を徒《いたずら》に刺激するのはよくないが、こちらが弱気になっていると思わせるのも得策ではない。

「どうしても、あんたみたいな強打者と対戦したくてね」と愉快そうに答えた後、急に冷えた口調になって、「――それに、他人のことを卑劣だとか言うが、あんたらだってそうだろう。どうせ、応援要請してるに違いないんだ」

「外を見てごらん、真っ暗よ」

「ふん、わかるもんか。こっちは、いよいよとなれば、あんたの息子を盾にして逃げおおせることもできるんだし――」

話が嫌な方向に向いてきた。

「――そんなことより、忙しい私をわざわざ呼びつけたのは、やっぱりアレのため？」

「そうだよ、決まってるだろ」

「それなら、『私を野球《ベースボール》に連れてって』じゃなくて、『私をクイズ王選手権に連れてって』――を歌わなきゃならないわね」

「黙れ。口数が多いぞ」相手はやはり馬鹿ではなかった。「そうやって、無駄口を叩いて、時間稼ぎをしようっていうんだろう？」

《リドル》の銃口が子供の頭にゴリゴリ押し付けられた。それを見たジョイスが溜息交じりに言う。

「わかった。負けたわ。――それじゃ、あなたのお得意の、謎々の出題をしてちょうだい」

「よし」目出し帽の穴の奥で《リドル》の唇が笑ったように見えた。「いい心掛けだ。ルールの詳細は、もちろんわかっているな？」

ジョイスは黙ったまま、おもむろに頷いた。殆ど時間稼ぎにはならなかった。

「じゃ、早速いくぞ。シンプルだが、とても興味深い問いだよ。以下、出題だ――」一呼吸置いてから、《リドル》は一気に喋った。「――俺がこれから何をするか言い当てたら、子供を撃たないが、不正解なら、撃つ。……さあ、どうだ？　制限時間は九十秒」

それを聞いたジョイスは奇異に思った。——そう来るとは思わなかったが、それにしても、この謎々はどこかおかしい。今までの《リドル》の出題した究極の二者択一問題（それも答えを二つ用意するズルが可能な）ではないような……それに、それに……いつか……子供の頃にこういうのを聞いた覚えもある……ともかく、この出題には何か違和感のようなものがある……なんだろう？　ああ、急いで考えなきゃ……。

——どう見ても、人質に銃を突き付けている出題者がしようとしていることといったら、それで人質を**撃つこと**——だろう。それならば、「撃たない」と答えても、奴は「不正解」と言って、やりたいようにする——つまり、撃つだけだろう。

——しかし、これが謎々の出題だというなら、そんな単純なことではないはずだとも思える。……そうだとしたら、どう答えたらいいのか？　まず《リドル》が息子を撃つつもりだと想定した場合を考えてみよう。それを感情抜きに受け容れて、「撃つ」と答えてしまったら、私は奴のしようとしたことを言い当てたこと——つまり、正解したことになり……ん？　その場合、《リドル》は撃つことになるのか、それとも**正解**したのだから、撃つことはできないのか……奴は確か**不正解**の時は撃つ——と言ったのだから……えーと、逆に、私を不正解にしたいなら、《リドル》は、前提として「撃たない」と決めておかねばならない。それなら、私が「撃つ」と答えた場合、答えは不正解となるから、《リドル》は息子を撃っていいことになる。……

ん？　しかし、そうしてしまうと、私の答えは結果的に「正解」ということになって……**矛盾**が生じてしまうのではないか……。

——ああ、こんがらがってきた。いったい、どう答えたらいいんだろう？

ジョイスは考えながら、思わず《リドル》のほうを見た。謎々狂いの犯罪者は、爬虫類のような冷酷な目で、腕時計とジョイスと子供を、交互にせわしなく見ている。

……ん？　爬虫類……と言えば、ワニ？　ワニには……何か引っかかるものがあった。——そして、ジョイスの頭脳の中で、奇跡的に連想の点と点が結びついて、一本の直線になった。その解答の補助線を引いたのは、幼い頃に読んだ、あの『不思議の国のアリス』の作者ルイス・キャロル……。

ジョイスは灰色の脳細胞をフル稼働させて、問題点を検討し、違和感のよって来るところを考え抜いた。

——そして、ようやく、活路を見出した……その違和感のなんたるかに気付き、どう答えたらいいかについても、わかった気がしたのだ。

「制限時間、あと五秒」

ジョイスはおもむろに口を開いた。

「OK、答えるわ。でもその前に——」ジョイスは毅然たる態度で言った。「——こちらからも条件を出したいの」——ともかく、今は、少しでも時間稼ぎをしなきゃ……。

「なんだ？」カウントを止めた《リドル》が訊き返す。

「あんたも、著名犯罪者《リドル》として、歴史に名を残したいのなら、被害者とのゲームは、あくまでもフェアにやろうじゃないのって言ってるの」

「異存はないが」と、警戒しながら答える《リドル》。

「それなら……他人に究極の選択を迫るのなら――」鞭を振り下ろすように、ぴしゃりと言うジョイス。「答えを複数用意しておくなんて、卑劣なマネはしないこと」

そう言われて、一瞬、返答を躊躇《ためら》う卑劣な犯罪者。しかし、すぐに「もちろんだ」と短く応ずる。

「それから――」

「まだ、あるのか？」

「私が、答えを言ったら、そして、その答えが、意表を突くものだったら、あんたも、制限時間九十秒で、あたしの答えを、よぉく吟味してちょうだい。撃つにせよ、撃たないにせよ、あんたも、それくらいのことはしないと、公平さを疑われても仕方ないってことになるんだから。そして、なんだったら、私とのフェアな謎々勝負の詳細を、事後にマスコミに披露すればいいじゃない。そうすれば、あなたは、公平なことこの上ない謎々犯罪者として名を残すことになる。そして、あなたのことをジャック・ザ・リパーみたいに敬愛して追随しようというコピイ・キャットも出てくるかもしれない……ねえ、あなたは、そうしたことを望んで、こんなことをしているんでしょう？　最初は単なる愚劣な遊びとして始めたことなんだろうけど、今はヒーローになりたいから――世間から認められたいからやっているんでしょう？　だったら――」

この挑発的な物言いに、つい乗ってしまう《リドル》。

「ああ、わかった、わかったよ。約束する。――いいから、早く答えろ、制限時間はもう過ぎてるぞ」

「じゃ、答えましょう」

ジョイスはそこで、わざと勿体ぶった間を置いた。

「答えは――あなたは……」

それから、九十秒も経たないうちに、二発の銃声が、夜の帳の降りた閑静な住宅街に谺《こだま》したのだった。

＊

【訳者曰く】私の手元にある小説《Mysterious Serial Killer, The Riddle》は、ここで終わっている。

ジョイスがどう答えたのかも、彼女と息子と《リドル》の運命がどうなったのかも書かれていない。まさに、結末を読者にゆだねるリドル・ストーリーになっている。

だが、訳しながら考えてみて、私は、少なくとも、ジョイスがどう考え、どう答えたかについては、論理的に看破しうる（いや、本文中に答えはほとんど書いてあると言っていい）ことに気付いた。その意味では、作者は、今までにないタイプの二段構えのリドル・ストーリーを企図したものかもしれない。――つまり、一見推測不可能に見えるジョイスの答えは、考え抜けば察知できるが、その先の三人の運命はわからない――という二段構えの構造による謎物語《リドル・ストーリー》ということだ。

ともあれ、読者諸氏には、とりあえず、ジョイスがどう答えたのかを推理していただきたいものである。

――Fade Out――

私か分身《ドツペルゲンガー》か

I or Doppelgänger

1

「この世で一番恐いものと言ったら、何だろうね？」岩田《いわた》課長が興味を露《あら》わにした無遠慮な目付きで新入社員の福永美香《ふくながみか》のほうを見ながら尋ねた。「君ぐらい若くて、綺麗な娘《こ》だったら、恐いものなんてないかな」

美香はそんな風にちやほやされるのに慣れているのか、中年男の歯の浮くような世辞《せじ》にも、さして喜ぶ様子も見せず、首をかしげて「うーん」と考えていたが、少しして「カード破産かな……」と答えた。

「カード破産？」課長が戸惑ったように繰返す。

「ええ。社会人になってからは、学生時代と違って、カードでバンバン買い物が出来るでしょう？　それで、友達が早くも限度額を越えちゃって困ってるって聞いたんですよぉ」

「その友達っていうのは――」美香の隣に座っていた、同じく新入社員の河野浩《こうのひろし》が冷やかすように言った。「——学生時代から、それこそバンバン、ブランド物とかを買ってたんじゃないの？　福永さんの出た大学って、お金持ちのお嬢さんが通うので有名なんでしょ？」

「いやぁ、そうでもないですよぉ」と言いながらも満更《まんざら》でもない様子の美香だった。

課長のほうは若い娘のひどく現実的な答えに少し失望した様子で、「カード破産ねえ……」と呟《つぶや》くと、今度はもう一人の新人のほうに向かって、「じゃあ、河野君は、何が恐い？」と気のない風に訊いた。

「僕ですか？」河野も一瞬思案したが、すぐに媚《こ》びるような笑みを浮かべて、「……やっぱり今は、毎月の営業成績のグラフを恐い顔で睨《にら》んでる岩田課長ですかね」

課長が苦笑いしながら「こいつ、まだ外回りもしていないのに、最近の若いのは調子がいいからな」と言ったのを機に、一同もどっと笑った。

他愛《たあい》のない新入社員の歓迎会の風景。その日、私たちの課でも、配属されて一週間になる新人二人と課員の親睦《しんぼく》を図ろうということになって、会社近くの中華料理店に集まって卓を囲んでいるところだった。

物怖《ものお》じしないのは、若さの特権なのだろうか——笑いさざめく中で、新人たちの現実的でそつのない答えを、私は独り疎《うと》ましいように感じながら、ぼんやり聞き流していた。

ところが、河野が調子に乗って、「僕らだけ事情聴取されるのは面白くないから、今度は、こっちが訊きたいな。例えば……いつも恐い顔をしている二見《ふたみ》先輩が、一番恐いものは何なのか、教えて欲しいですね」と私のほうに質問の矛先《ほこさき》を向けてきた。隣の美香も「そうよね、訊きたいわよね」と同調する。

咄嗟《とっさ》のことだったので、つい私は不用意に本音を漏らしてしまった。

「一番恐いものは……私――かな」

「ワタシ……ですか？」軽薄で想像力のなさそうな新入社員が、きょとんとした顔をする。

私はそう答えたことを後悔した。向かいの席の岩田課長と宮下《みやした》係長が顔を見合わせて「また、始まった」というような表情をしたのだ。

その場にいた同僚たちの誰もが私の答えに反応しようとせず、一瞬座が白けたが、美香だけは、周囲の空気を読めないのか、無邪気に訊き返してきた。


「ワタシって自分のことなんでしょ？　その自分の、どこが恐いんですか？」

私は溜息をつきながら、おずおずと言った。「……自分のどこが、というんじゃなくて、もう一人の私が別に存在していたら、恐いだろうと思うんだ」

「もう一人の私って……双子とか、クローン人間みたいなものですか？」

「いや、そういう理に落ちるものなら恐くはないと思う。私が言ってるのは、もっと感覚的なことで……例えば、こうして自分が会食している店の扉が不意に開いて――」

美香が私の言葉に釣られて店の出入り口のほうを見た。

「——自分とまったく同じもう一人の《私》がひょっこり顔を出したりしたら、きっと、恐いだろうと……」

「ああ、確かに恐い——と言うより、気味悪いですね」美香が顔をしかめた。「それって、確か、なんかの本で読んだことあるなあ。ええと、ドッペル……なんとかっていうやつじゃないですか？」

「そう、よく知ってるね。ヨーロッパでは、そういうのをドッペルゲンガーと呼んでいるんだが——」

「難しい名前ですね」

「文字通りには、ダブル・ウォーカー——二重の歩行者という意味なんだそうだ。だから、ダブルと呼ばれたりすることもある。つまり、どちらにせよ分身のことを、そう——」と言いかけて、それ以上話すことはやめた。会話は今や私と美香の二人だけの遣り取りになっていて、他の連中は私の話に興味を持っていないことが明白だったからだ。

こんな話をする私は、会社では「変わり者」ということになっていた。オスカー・ワイルドやモーパッサンを学生時代に読んだ身としては、分身譚など、特に驚くような話だとは思わないが、普段、野球やテレビ番組、ギャンブル、住宅ローンといった、お定まりの話題ばかりを繰返しているような同僚連中にとっては、やはり、そんなことに興味を抱く私のような人間は奇妙に映るのだろう。入社して、もう十年以上になるが、私の話に周囲が鼻白《はなじろ》むという場面は何度もあった。私は自分の勤めるそうした会社に、いまだ馴染んでいるとは言いがたかった。

　会社が自分という人間に興味を抱いていないのと同じように、私も会社に対して端《はな》から何の愛着も抱いていなかった。事実、私は、去年のちょうど今ごろ、何度目かの辞表をしたためていたということを思い出した。

　私が沈黙してしまったことによって出来た気まずい空気を嫌ったのか、宮下係長が、ことさら冗談めかした口調で言った。

「ほら、二見君は文学青年だったから、そういう答えになるんだろう。もっとも、俺は自分が二人いたほうが、恐いどころか、都合がいいくらいだがな」

「ああ、わかった」河野が顔を輝かせた。「係長、そのドッペルなんとかの分身のほうに、得意先回りをやらせて、自分は、パチンコでもやってようっていう腹積もりなんでしょう?」

「あ、ばれたか」宮下係長は芝居がかった風に頭を掻いてみせた。「今年の新人は、随分察しがいいなぁ」

　そこでまた一同が爆笑し、私の心底「恐いもの」は、卓の上の皿の食べ残しのように、忘れ去られたのだった。

2

二次会も終って、三々五々家路に就くことになった。初めは同じような経路で帰る数人が帯同していたが、一人減り二人減り、新橋《しんばし》駅の地下道のあたりで、美香と私の二人きりになってしまった。方向が違うため途中で別れてしまった河野が、忌々《いまいま》しげな顔で我々を見送ったのが思い出されたが、私はと言えば、若い女性と二人きりになってしまって、何を話したらいいのか戸惑うばかりだった。そんな私の気持ちを察したのか、美香のほうから話し掛けてきた。

「さっきのお話ですけど――」

「え？」

「あの、ドッペルゲンガーの話」

「あ、ああ……」

「どうして、途中でやめちゃったんですか？　面白かったのに」

「うん……どうしてだろうね？」

会社の連中に疎まれているから話を中断したとは、さすがに言えなかった。だが、入社してまだ日が浅い美香は、そんな私の微妙な立場にはまだ気づいていない様子で、無邪気に話し掛けてくる。

「私も見たことありますよ、ドッペルゲンガー」

「え？」

「ホラー映画で――」

「ああ……映画で、ね？」

「確か、ドッペルゲンガーを見た人は、一年以内に死ぬことになるとか……」

「言い伝えでは、そういうことになってるねえ。――だけど、ドッペルゲンガーと一口に言っても、全てが死の予告とは限らないらしい。ゲーテは、馬で山道を進んでいる時、同じように馬でやってくる自分と出遇《であ》う――という夢を見たが、その八年後に、自分が、その夢の中とまったく同じ服装で、馬に乗っていたのに気づいたと書いている」

私の冷静な口ぶりに、美香は意外な顔をした。

「その例は死の予告じゃないみたいですねえ。じゃあ、二見さんは、それが死の予告だから、ドッペルゲンガーに出遇うのが恐いというわけじゃないんですね？」

「さあ、それは……いや、ゲーテのは死の予告じゃなかったようだが、シェリーの場合は、湖でボートに乗っている時に自分の分身に出遇って、その数日後に溺死しているしね」

「へえ、溺死……やっぱり、ドッペルゲンガーは恐いものなんじゃないですか」

「そりゃ、死ぬというのは、どんな理由であれ、恐ろしいことだけれど――」

私はそこで少し考えてから、再び口を開いた。

「私がドッペルゲンガーが恐いと言うのは、それ以前のこと――もう一人の自分が、今ここでひょいと現れたら、それを目撃した自分という存在があやふやになってしまう――そんなような不安に囚《とら》われる、ということなんだろうと思う」

「自分という存在があやふや――って？」まだ腑に落ちない様子の美香。

「ああ……感覚的なことなので、うまく言えないんだが、アイデンティティーの崩壊……というか、ともかく、もう一人の自分が現れてしまったら、自分という存在の意味がなくなってしまうようで……それが恐いんだろうと思うんだ」

「ふーん、むずかしいんですね……」顔を曇らせていた美香だったが、すぐに悪戯《いたずら》っぽい笑顔で、こちらを覗《のぞ》き込み、「でも、そんなに自分のことを大事に考えてるなんて、二見さん、ひょっとしてナルシスト入ってるんじゃないですか？」

今年の新人は本当に揃って物怖じしない性格のようだ。しかし、ナルシストではないかという美香の指摘には、どきりとさせられた。

――そうかもしれない。フロイトはドッペルゲンガーのモティーフを、幼児願望の投影として説明付けたけれど、美香の直観的な指摘にも思い当るところがあった。ドッペルゲンガーが恐いなどというのは、ひょっとしたら、歪んだ自己愛の表れなのかもしれない。私が会社で忌《き》避《ひ》されているのは、ただ単に気味悪いオカルト的なことを口にするからではなくて、私のそうした自意識過剰なところを、同僚たちが嫌っているということなのかもしれない……。

そんなことを考えている折も折、私は――私を見た。

ＪＲの駅と地下鉄の駅を結ぶ通路の片隅に、そいつはいた。段ボールを敷いた上に、ぽつんと座り、俯《うつむ》いていた。垢じみたジャンパーに擦り切れたジーンズ。ぼさぼさの頭髪に無精髭《ぶしょうひげ》の薄汚い男。

その男の前に差し掛かった瞬間、男がなぜか、ひょいと顔を上げ、お互いの目が合った。どんよりした目で私を見ているのは——紛れもない私の顔だった。ひどく驚いたが、私は立ち止まらずに、そのまま、《私》の前を通り過ぎた。

隣の美香も私に釣られて、そのもう一人の《私》のほうに目を向け、少し眉根《まゆね》を寄せたが、それはドッペルゲンガーを目撃した驚きではなく、単に汚らわしいものを見たことから来る嫌悪感ゆえのことのようだった。事実、それから、改札口を入って、お互い別々の方向に別れるまで、私たちは、ドッペルゲンガーの話題を二度と口に出さなかった。

しかし、ホームで電車を待っている間にも、もう一人の《私》の残像が、頭に焼き付いて離れなかった。

とりわけ、その眼差しが忘れられなかった。どんよりした沼のような濁った眼の中には、仄《ほの》暗い火が燻《くすぶ》っていた。——それは死を暗示する鬼火《おにび》さながらに私を脅《おびや》かした……。

時が過ぎるに従って、ますますその確信は揺るぎないものになる——通り過ぎた後、一度たりとも振り向かなかったが、あの男は確かに《私》に違いなかった……。

3

朝の収穫はゼロだった。住宅街を回って、資源回収に出された新聞紙や雑誌、段ボールの束などをいただいてきて、金に替えるはずだったが、最近は、業者が先を越して、車で回りながら、根こそぎ持っていってしまう。――これで、午前中の現金収入は最早《もはや》、望めないということになった。昼前になって、慌ててホームレス仲間のビートさんに特別に教えてもらったコンビニの裏に回ると、生ゴミ用のペールの上に期限切れのハンバーグ弁当が置いてあるのが目に付いた。先に来たビートさんが、私のために残しておいてくれたんだろう。ありがたく頂戴《ちょうだい》して、公園に戻った。

公園の隅の灌木《かんぼく》の茂みの中に、私のささやかな塒《ねぐら》があった。防水のビニール・シートを廃材のベニヤ板などで支えたテントみたいなものだ。私はその中に入り込み、コンビニ弁当を開けた。ハンバーグの匂いをかいでみる。まだ腐ってはいないようだ。冬場はいいが、そろそろ期限切れは危なくなってくる季節だ。もっとも、今の私の胃袋は、多少傷んでいるものを食べても、耐えられるようになっていた。ホームレスになった当初は、よく下痢に悩まされたものだったが。

胃袋だけでなく、気構えの点でも、食中毒など恐れていなかった。ここまで落ちれば、もう恐いものなど、ほとんどない。ひょっとしたら、命を失うことさえ、恐くないのかもしれない。それでも自殺をしないのは、ただ自らの命を絶つ強い意志すら、もう、失なっているということなのだろう。だから、最近では、事故か、病気か、ともかく、なんらかのきっかけが向こうから来て死ねれば楽なのに――という消極的で自暴自棄な自死の願望が、心の奥底で澱《おり》のように淀んでいるのが常だった。

テントの住居に電子レンジなどあるはずもないから、冷たいままのコンビニ弁当を口にする。拾ってきたペットボトルに公園のトイレの水道で満たした水を、お茶代わりにして飲む。公園の管理事務所は火気にはうるさくて、火を使わないことを条件に、ここにいることを黙認されている身としては、湯を沸かして、温かいお茶や珈琲《コーヒー》を飲むことなど望むべくもない。――それでも、私は空腹だったので、弁当をきれいに平らげた。

日々の糧《かて》を探し歩くしか、やることのない身としては、空腹が満たされれば、あとは、ただただエネルギーを消費しないように、横たわっているのみだった。

ビニール・シートの中は、饐《す》えた匂いがするし、マット代わりに段ボールを敷いても、すぐ下は、硬い石が突き出た地面だから、ものの十分も横たわっていれば、すぐに背中が痛くなる。これから暖かくなるにつれ、蚊やヤスデや蛭《ひる》なども涌《わ》いてくるだろう。しかし、朝が早く、慢性の睡眠不足になっていた私は、睡魔に抗しきれず、まどろんだ。

突然、腹のあたりが熱くなり、次いで痛みが走り、飛び起きた。布が焦げる嫌な匂いがして、腹のうえから、火のついた煙草が転げ落ちるのが見えた。

「こらっ、馬鹿野郎！　警察呼ぶぞっ！」

聞き覚えのある罵声が聞こえた。慌てて、テントの外に飛び出すと、そこにビートさんが立っていた。彼が睨みつけている視線の先には、茶髪と金髪の二人の若者が走り去る姿が見えた。二人とも、時々、振り返りながら、こちらを見下したような残忍な笑みを浮かべている。奴らがホームレス虐めの余興に、私のテントに火のついた煙草を投げ込んだのを、ビートさんが叱り付けたのだろう。

「大丈夫か、ブンさん？」

ブンさんというのは、私につけられた渾名《あだな》だった。様々な事情を抱えて社会から脱落したホームレスの世界では、あえて本名は詮索《せんさく》せず、渾名で呼び合うのが一種のルールのようになっていた。私はよく昔読んだ小説の話題を口にすることもあって、いつの間にかブンガク好きの「ブンさん」と呼ばれるようになっていた。

ビートさんにしても、もちろん本名ではない。彼は、もともと育ちもよく、親の事業を継いだ裕福な身分だった。ところが、経営手腕のなさと自らの道楽三昧に、この不況が重なって、破産の憂き目に遭い、全てを失ってここへ流れてきたのだという。そんな経歴を持つだけに、教養もあり、当然、読書の趣味もあり、特にジャック・ケルアックやアレン・ギンズバーグを好んで読んでいて、残飯漁りの合間には、自ら難解で過激な詩を書くようなところもあった。

つまり、ヒッピーのさらに一つ前のビート世代に憧れて身を持ち崩したとも言える人物であり、それがわかった私は、以後、彼のことを「ビートさん」と呼ぶようになった。本名も知らないし、他のホームレス連中が彼のことをなんと呼んでいるのかも知らなかった。「ブンさん」、「ビートさん」というのは、明日をも知れぬ身でありながら、たまたま文学談義なんぞをして気が合った、酔狂なホームレスである我々の間だけの呼び名だった。

外見もビート世代に倣って、口髭を生やし、首にはネッカチーフを巻いて、ホームレスらしからぬ精一杯のお洒落《しゃれ》をしているビートさんは、年齢不詳のタイプだが、実際は六十の坂をゆうに越えているのだろう。

そんなビートさんは、他のホームレス連中と比べて、時に自分の生活を楽しんでいる風にも見えることがあった。ビート世代の行動様式が、ケルアックの例を引くまでもなく、愛想をつかした社会からの離反、放浪——という傾向にあるなら、ビートさんの気ままなホームレス詩人の暮らしぶりは、まさにそれ自体が、自己実現をしているということなのかもしれない。

テント住居から飛び出してきた私を見て、ビートさんは心配そうに尋ねた。

「大丈夫か？　若い奴らが、あんたのテントを開けて、なんか投げ込んだのを見たものだから、怒鳴りつけてやったんだが」

私は、ジャンパーの裾のあたりの焦げ跡を見せた。

「火のついた煙草を投げ入れられた」シャツをめくって腹のあたりを晒《さら》してみた。「赤くなってるけど、火傷《やけど》まではなってないみたいだ」

「ひでえことしやがる。水で冷やしといたほうがいい。ともかく、昼間でも気をつけたほうがいいぞ。隣町の下山《しもやま》公園では、灯油かなんかを撒かれて、一人焼き殺されたらしい。奴らは俺たちを人間と思っちゃいないんだ」

私は溜息をつきながら言った。

「連中も、俺たちとたいして変わりないんだがな……」

「そうそう」我が意を得たりとばかりに頷《うなず》くビートさん。「暇を持て余してんだろ。だが、あいつらだって、根無し草のはずだ。親掛かりで仕事なんぞしていないか、せいぜいフリーターってところなんだろ。食うには足りてるんだろうが、あんなことばかりしてたら、今に本当に職にもあぶれて、こっちの世界に落ちてくるに違いないんだ」

「そう、一歩間違えば、誰でもこっちの世界へ――」

――と話しかけたところで、そうした話題に嫌気がさしたのか、ビートさんが不意に言った。

「煙草で思いだしたんだが、長めの吸いさしを見つけてきたんだ」

「へえ、ここんとこ、駅なんかも嫌煙禁煙で、なかなか見つからないでしょう？」

「そうよな。でも、穴場を見つけてね、キャバクラの裏に纏めて大量に捨ててあった中から、いいのだけ、よってきたんだ」

こういうビートさんの臭覚は素晴らしい。世間は彼のことを社会からの脱落者と見なすのだろうが、企業のトップなんかに収まっているよりは、こうした原始的な狩猟採集のほうが、彼にはよほど向いているのではないだろうか。

公園のトイレに行き、一応、水で腹の赤くなった部分を冷やし、そのあと、私たちはベンチに座った。

ビートさんに貰った半分ほどの長さの紙巻に火を点けてもらい、金《きん》を惜しむようにそれを吸った。薄い紫烟《しえん》が春の空に立ち昇る。公園の桜はすでに葉が多くなっていたが、それでも三割がた残っているピンクの花が目を楽しませてくれる。目の前の砂場では、子供たちが、歓声を上げながら、遊びに興じていた。こうした平穏な風景を見ているうちに、先ほどの事件によって受けたショックも鎮まってくるような気がしてきた。

ビートさんが砂場の子供たちを眺めながら言った。

「さっきの話じゃないが、若い時は、まさかこんなことになるなんて思ってなかったよなぁ」

私は頷きながら答えた。

「みんな、自分が世界――舞台の主役で、そこからは転げ落ちないと想い込んでる」

「若い時は、さっき悪さした連中みたいに、世間を舐め切って、恐いものなしでな」そこでビートさんは小さく笑って、「もっとも、今の俺たちにしたって、別の意味で恐いものなし――なんだがな」

私は黙って先を促した。ビートさんは長嘆息《ちょうたんそく》をした末に言った。

「――だって、そうだろ。家も家族も財産もない。失うものは何にもない。……あるのは、しぶとい命だけだが、それにしたって、特に惜しいという気はしない」

そこで、はっとして、

「――命は惜しくないが、下らない餓鬼《がき》どもに痛めつけられて、ぶっ殺されるというのは、ごめんだがね」

「ああ……殺されたくはない。そうかと言って、自殺する勇気もない。もっと自然に死ねるのなら……寝る時にね、ずっとこのまま眠りっぱなしで、翌朝知らない間に死んでいたらいいのにって思うことがありますよ」

「ほんとにな」ビートさんは頷いた。「残飯も漁れるし、命も惜しくないんじゃ、俺たちも、もう本当に恐いものなし、ってことだよなあ」

そこで私は、改まった口調で尋ねた。

「ビートさんは、本当に恐いもの、ないんですか？」

初老のホームレスは私の問いに怪訝《けげん》な顔をした。

「あ？　命も惜しくないのに、あんた、まだ何か恐いものがあるのか？」

私はおもむろに頷いた。

「なんだい、そりゃあ？　何が恐いんだい？」

「――自分、かな」

「自分？」

「ええ」

「落ちぶれた、自分、てことか？」

「いや、もう一人の自分が存在したら、恐いだろうなあと――」

「もう一人の自分？　そりゃあ――」ビートさんは大袈裟に目を剝いて言った。「ドッペルゲンガーってやつのこと言ってるのか？」

「さすが、読書家のビートさん、よく知ってますね」他のホームレス相手だったら、私もこんな告白はしなかっただろう。

「確かに、もう一人の自分が存在していて、ひょいと目の前に現れたら気持ち悪いが――」

ビートさんはそう言いながら、手入れしていないまばらな口髭を捻《ひね》っていたが、思いついたように付け加えた。

「俺の分身のほうには、もっといい人生を歩んでいてもらいたいものだわな」

「そうですね……」私は一応同意したものの、独り言のように呟いた。「――でも、そういう分身が現れることが、逆に、最も恐ろしいのかもしれない……」

再び、ビートさんの顔に疑問符が現れた。

「あ？　それ、どういう意味だ？」

「……感覚的なことなので、うまく言えないんですけど……分身が現れて、自分自身の存在に揺らぎが生じたら、恐ろしいだろうな――と、これはこんな風に身を落とす前から抱いている――何と言うか――自分だけの強迫観念のようなものなんですけれど……」

　ビートさんは頭を掻いた。

「ブンさんの言うことは、ムズカシイからな」

「この世で一番嫌いなものは、生きそこなった俺の心――っていう詞は知ってますか？」

「いや……詩を読むのは好きだが、その句には覚えがないが……中原中也《なかはらちゅうや》とかじゃないよな？　詩人ってのには、自己愛や自己嫌悪は付き物で、それが詩作の重要なモチベーションにはなるんだが、さて……？」

　ビートさんの生真面目な答えに私は苦笑しながら、

「これは《鬼火》――という題の……」

「鬼火……あのルイ・マルの陰鬱な映画の？」

「いえ、その《鬼火》じゃなくて――」

　そこまで、言いかけて、自分たちのほうに視線が集まっていることに気づいた。砂場で遊んでいた児童たちの母親が二人、いつの間にか我々の前に現れていて、こちらを不審気な目付きで見ている。私が見返すと、慌てて視線を逸らし、それぞれの子供の手を引いて、そそくさと立ち去っていった。

この一件で、話を続ける気力が萎《な》えてしまった。詩論やヌーベルバーグ映画について偉そうな議論を交わしていたとしても、彼女らにとって我々は、それこそ瞳の中に不吉な「鬼火」でも揺らしている怪しいホームレスに過ぎないだろうことは、容易に想像できた。

「ビートさん、話はまた別の時にでもということで、そろそろ塒に戻りましょうよ」

ビートさんも母親たちの行動に気づいたようだった。

「そうだな、また公園の管理事務所に余計なことを言われたら、やっかいなことになるからな」

我々はベンチから立ち上がった。議論はそんなわけで中断したのだったが、いずれにせよ、私にはその時まだ、ドッペルゲンガーに関して自分が何を言いたいのか、よくわかっていなかったのだと思う。


分身に対する恐怖の正体を心底悟ったのは、実際、それに出遇ってからのことだった。

ビートさんと別れてからは、その夜の糧を求めて街を彷徨《さまよ》った。今日はボランティアや教会の炊き出しもないから、自分で食べるものを探さねばならない。だが、いつもの餌場は、すでに誰かが漁っていて、ロクなものは残っていなかった。

夜も更けてきたところで、公園の防水シートの「家」に戻ろうかと思案したが、昼間の事件のことを思い出して、今夜は避けることにした。また、あの連中が来て、放火でもされたらと思うと、とても安心して眠れたものではないだろう。

少し考えてから、駅の地下道で寝ることにした。あそこなら、ある程度の人目もあるし、無闇に襲われることもないだろう。私は公園のテントから毛布だけ取り出し、その後、とある路地裏に隠してあった段ボールの束を引き出して、「別荘」を作る材料を揃えると、重い足を引き摺って駅の地下道へと向かった。

以前にもそこで過ごしたことがある階段横のシャッターの前に段ボールを敷いて、とりあえず座った。残りの段ボールを組み上げて「別荘」の壁と天井を作らねばならないのだが、気力が湧《わ》かない。しばらく座ったまま、ぼんやりとしていた。

そこはターミナル駅だったので、終電近くの時刻になっても、かなりの数の人々が行き交う。それら人の群れの中でも、ひと際目立つ、ピンクのスーツを着た女性が、視野に入ってきた。華やかな服装と若く潑剌《はつらつ》とした足取りからすると、今年度入社の新人社員か。彼女と並んで歩いている中年の男は、上司かなにかなのだろう。二人は何やら熱心に話しこんでいるようだった。

こんな宿無しの身になっても、多少の羞恥心が残っていたし、また、無用のトラブルも避けたかったから、なるべく他人とは目を合わせないようにしていた。

しかし、その時は、なぜか、視線を上げてしまった。そして、たまたま私の前を行き過ぎる二人の一方と、目が合ってしまった。
一瞬、驚いたようにこちらを見下ろした男の顔には、見覚えがあった。
――それは、紛れもない《私》の顔だったのだ。

4

蒲田《かまた》の自宅マンションに戻ってからも、私の興奮は収まらなかった。だいぶ酔ってはいたが、冷蔵庫からビールを取り出し、照明を落とした薄暗いリヴィング・ルームに座って、一気に呑み干した。

時計を見ると、午前一時を回っていた。ドアの錠は下りていたし、妻の貴子《たかこ》は、とうに寝てしまっているのだろう。自分の体験を誰かに語れないのが、なんとももどかしかったが、その一方で、仮に妻が起きて待っていたとしても、私の話などには、耳を貸さないだろうとも思った。

貴子はもともと現実的な考え方に凝り固まった女で、私が語る超自然や空想じみた話は、端から受け付けなかったし、それでなくとも、昨年の春に大喧嘩をして以来、夫婦仲は修復不可能なほど冷え切ってしまっていた。日常でも、必要最低限を越える会話は途絶えたままだった。

私たちの間には子供がいなかったから、夫婦仲が悪くなるということは、そのまま、家庭生活の大半が破綻してしまっているということを意味していた。

ベッドに入ってからも、駅の地下道にどんよりとうずくまっていた《私》の姿が頭から離れなかった。仕方なしに、医師から処方されていた睡眠薬を、いつもより多く呑み、無理矢理、眠りの闇に逃げ込んだ。

翌朝になっても、貴子には、前夜の体験を話さなかった。分身を見たという確信が揺らぐことはなかったが、夫への関心を示すこともなく、ただ黙々と食事をしている名前だけの妻に、この異常な事態を信じてもらえるとは、とても思えなかったのだ。

出社してからも、落ち着かない気持ちは去らなかった。昨夜の新人歓迎会で遅くまで呑んでいたせいか、職場には、全体に倦怠感《けんたいかん》が漂っていた。とても私の異常な体験に耳を貸しそうな相手がいるとは思えなかったが、課員たちの冴えない顔を一渡り見渡した果てに、端の席に座っている福永美香の顔が目に入った。

――そうだ、一緒にいた美香なら、あの地下道にいた、もう一人の《私》を目撃しているはずではないか。

昨晩は、気が動転していて、何も確かめずに彼女と別れてしまった。きょう出社してからも、軽く挨拶を交わしただけで、お互い昨夜のことは何も話さなかった。私の顔を見た美香の態度も、特に変わったところは認められなかった。そうしたことを勘案《かんあん》すると、やはり彼女に、私のドッペルゲンガーを目撃したという自覚はないように思えた。しかし、私に似た人物を見た——ということなら、ありうるのではないか。今の私には、その程度の傍証で充分だった。分身を見たのが自分だけだという事実を認めたくなかった。誰かとこの不安感を分かち合うことが、今の私には必要だった。

　しかし、皆のいる前で、美香に昨夜のことを問い質《ただ》すことはできない。また変人——いや、ひょっとしたら狂人扱いされるのがオチだろう。私は美香と二人きりになれる機会を窺った。チャンスは午後になって訪れた。課長が美香に見積書のコピーを命じたのだ。小さい会社のこととて、複数の課が共同で使っている、独立したコピー室というのがあった。つまり、うまくいけば、他の社員に聞かれることなく、そこで美香と話をすることができるのだ。美香が課長の書類を持って席を立ってから、少しして、何気ない風を装い、私も自分のファイルノートを携えると、彼女の後を追った。

　コピー室に入ると、案《あん》の定《じょう》、美香は一人だった。

　私は美香の使っているコピー機の隣に据えられているもう一台の蓋を開けると、自分のファイルノートをそこに伏せた。

「あ、二見さんもコピーですか」私の姿に気づいた美香が声をかけてきた。「言ってくれれば、一緒にやったのに……」

　ぞんざいな口の利き方は、まだ社会人として一人前のものではないが、先輩に対して一応は

新入社員らしい気遣いをみせる。私は無理に気安い笑顔を作って、

「昨日は、疲れたろう?」

「あ、ええ。きょうは、もう眠くって……」

「きょう一日頑張れば、明日は休みだから」

「そうですね」

そこで会話は途切れてしまった。美香は単調な機械音を繰返して作業するコピー機に目を落とし、それきりこちらを見ようとはしない。やはり、彼女に、昨日の異常体験の認識はないようだ。しかし、ともかくも、この機会に確かめてしまわなかったら、不安定な気分のまま、土曜、日曜の二日間の休みを悶々として過ごさねばならなくなる。私は思い切って、もう一度、口を開いた。

「あのね、福永さん……」

「はい?」

「ちょっと、訊きたいことがあるんだけど」

「はい……なんでしょう?」美香は真顔になった。なるべくさり気ない口調を装ったのだが、やはりこちらの緊張感は伝わるのだろう。

「昨夜のことなんだけど、帰りが一緒になったじゃない?」

「はあ……」美香の表情が心持ち硬くなったように見えた。私に口説かれでもするのかと誤解

しているのかもしれない。私は弁解がましく早口で言った。

「いや、違うんだ。……ええと、二人で新橋駅の地下道を歩いている時に、ホームレスがいたのを見たよね？」

美香の硬い表情が、当惑に変わる。「ホームレス……ですか？」私の問いを受けて少し考えてから、自信なさそうに答える。「そう言えば、階段横のシャッターの前に……」

「そうだよ」私は思わず身を乗り出した。「灰色のジャンパーを着て段ボールを敷いた上に座っていた――」

「はあ」

「君、そいつの顔を見ただろ？」

「……え、ええ、見た、というか……」

「そいつは、私だったんじゃないか？」

そう言ってしまってから、あまりに性急過ぎたことに気づいた。自分でも妙なことを言っていると思った。美香の顔が見る見る歪んでいくのがわかる。私は慌てて言い直した。

「変な言い方しちゃったね。――いや、訊きたかったのは、あのホームレスの顔が、私にそっくりだったんじゃないかということなんだ」

それを聞いた美香は曖昧《あいまい》な表情のまま少し考えていたが、おずおずと口を開いた。

「見たことは見たけど、ああいう人と目を合わせるのは恐いし、そんなによく見たわけではないから……わかりません」

「そうか……」予想できた答えだったが、やはり失望した。「それなら、いいんだ。どうでもいいこと——おかしなことを訊いて悪かった……」

「嘘」

意外な美香の言葉に、驚いて相手を見ると、こちらを睨みつけている。

「どうでもいいこと、じゃないんでしょう？」

「え？」

「二見さんが訊きたいのは、似ている人のことなんかじゃなくて、ドッペルゲンガーのことなんでしょう？」

急な詰問に、一瞬、返す言葉を失った。

「やっぱり、そうなんですね。気味悪い話だったから、少し酔っていたけど覚えてますよ。あの話の後に、自分そっくりな人を見ただろうって訊かれたら、それはドッペルゲンガーのことを言ってるんだろうって、それくらいのこと、私だってわかりますよ」

私は諦めて正直に言った。

「そうなんだ。あの時、あそこに座っていたホームレスの顔は、私のものだった。私は確かに見たんだよ——ドッペルゲンガーを。自分の分身が、あそこに座っていたのを」

私の熱意に気圧《けお》されたのか、美香は硬い表情でこちらを見たまま口をつぐんでいる。私はいつの間にか懇願口調になって若い娘に迫っていた。

「ねえ、あの時、君も目を向けていたじゃないか。ね、見たんだろ？　私にそっくりの男が——私の分身があそこに座っていたのを……」

美香は怯《おび》えたように顔を歪めて言った。

「わからないって言ったでしょう。ちゃんとは見ていなかったって言ったじゃないですか！」

「でも……」

美香は一歩退いて、まるで夜道で変質者に出遇ったかのように身構えた。

「二見さん、おかしいですよ——言ってること。いい加減にしないと、人を呼びますよ」

私は慌てて、言い繕《つくろ》おうとした。

「いや、違うんだ。悪かった。昨日は呑み過ぎて酔ってたから、そんなものを見たような気がしたんだろう」

「そうですか……」

しかし、一度芽生えた美香の警戒心を解くことはできなかった。

「今朝、課長に言われましたよ」

「何を？」

「昨日、二見さんと帰りが一緒で大丈夫だったかって」

「どういうことだ？」

美香は私から目を逸らすと、小声になって言った。

「二見さんは、心療内科へ行って、薬を貰ってる人だからって」

自分の顔が急速に熱っぽく火照《ほて》っていくのがわかった。

「二見さん、ずっと奥さんとうまくいってなくて、ノイローゼ気味だから気をつけろって——」

追い討ちをかけるような美香の残酷な言葉を背に、私は逃げるようにコピー室から出て行った。

5

退社して、帰宅の途中も、私は相変らず不安感に囚われていた。

乗り換えの新橋駅の地下道に差し掛かった時、昨日、分身を目撃したあたりに、またホームレスが寝転んでいるのを見つけて、どきりとした。回り込んで、顔を覗いたが、不揃いの口髭を生やした、昨夜の《私》より年かさの別の男だった。身なりはみすぼらしいが、洒落たつもりか、首にオレンジ色のネッカチーフを巻いているのが、滑稽《こっけい》なほど目立つ。

私は、何か分身に関する手掛かりが摑めればと思い、男に声をかけた。

「すみません」

ホームレスは答えない。私は彼の肩を揺すって、もう一度声をかけた。

「すみません、ちょっとお訊きしたいんですが」

「あ?」男は薄目を開けて、面倒臭そうにこちらを見あげた。「何だ?」

「いえ、ちょっとお訊きしたいことがあって」私はまた例の奇妙な質問を繰返さねばならなかった。「その……私に、そっくりな人物を、あなた知らないかと思いまして……」

「あんたそっくりの……?」男はいぶかしげな表情で、こちらを見つめていたが、急に目を大きく見開いて、「おお、知ってるよ。あんた、髪も梳《と》かしてるし、無精髭もないから、ちょっとわからなかったが……あんたにそっくりな人って、ブンさんのことを言ってるんじゃないのか?」

「ああ、やっぱりいたのか!」私はすがるようにして問いを重ねた。「その人、ブンさんていうんですか? 本名は? ブンさんとは、どういう人なんですか?」

「ちょっと待ってくれよ」男は半身を起こして、改めて私のほうに向き直った。「どういう人って言われても、よく知らないんだ。――ブンさんとは仲がいいほうだけど、ほら、俺たちは、あんまりお互いの過去のことは詮索しないだろ? だから、奴の本名も昔何をやってたかも、知らないんだよ」

「でも、知り合いなんでしょう? どんな話をしてるんですか?」

「うーん、だから、俺たちのことだから、どこへ行けば食い物にありつけるとか、雨露をしのげるとか、そんなことばかりだね。だけど、たまには――」

「たまには――？」私はもどかしげに相手の言葉を繰返した。

「――たまには、文学の話なんかもするよ」と言いながら、髭のホームレスは照れたように笑う。

「ブンガク？」

「ああ。奴は小説なんかを読むのが好きだったらしくてさ。俺もそういうところあるから、ちょっとした文学談義なんかもしたよ。ま、そんな奴だからブンガク好きのブンさんって呼ばれることになったんだがね」

「その人は、どこにいます？　昨晩は、ここにいるのを見かけたんですが――」

髭のホームレスは首を捻った。

「さあな。俺も昨日の昼間に別れたきり、会ってないからな。いや、奴の塒は、この近くの公園にあるんだけどさ、不良どもに悪さをされて、それから戻ってないみたいなんだ。夕方もそこを覗いてみたんだが、やっぱりいなかった。どっか、別の塒を探してるのかもな」

「どこにいるのか、見当つきませんかね？」

「さあ……ここの地下道もうるさくなってきたから、東京駅のほうにでも行ってるのかねえ。俺たちは携帯電話なんてものもないし、摑まえようがないんだよ」

「そうですか……」

髭のホームレスは、肩を落とした私の顔を、改めてしげしげと覗き込んだ。

「それにしてもおたく、ブンさんによく似てるね。……おたくら、双子か何か？　――あ、そうか、おたく、生き別れた兄弟を探してるんだな」

私は返答に窮したが、この相手にドッペルゲンガーの話をして、また不審がられるのも嫌だったので、「はあ、まあ……」と曖昧に返事をした。それから気を取り直して、「ともかく、彼の塒がある公園の場所を教えてもらえますか？」と頼んだ。

「そりゃ、いいが……」髭のホームレスはそこで言葉を切って、下卑《げび》た笑いを浮かべた。「腹が減ってて、記憶のほうが、ちょっと……」

私はすぐに相手の意図を察して、財布から札を一枚抜くと、垢じみた手に握らせた。

「こりゃ、どうも、すみませんね。――なんか、頭がはっきりしてきたな……思い出しましたよ。奴の塒のある公園は、ここの階段を出て、正面のコンビニの脇の道をまっすぐ行って最初の角を左に――」

ホームレスと別れ、言われたとおりの道順を辿っていくと、確かに公園が見えてきた。その公園の奥のトイレのそば――灌木の茂みの中に、青い防水シートを張ってできた《私》の家があった。私は近づいて行くと、シートの端をめくって、中の暗闇を覗いた。

――段ボールが敷き詰められた真ん中あたりに誰かがうずくまっている。

だが、闇の中で目を凝らしてよく見ると、それは人間ではなく、丸められた毛布であることがわかった。やはり、人のいる気配はない。私は、中に一歩足を踏み入れて、毛布に顔を近づけ、匂いを嗅いでみた。それが動物じみた行為であることはわかっていた。自分の身体がどんな臭気を発するのかも知らないくせに、そこに自分の痕跡を嗅ぎ取ろうとしていたのだ。しかし、毛布からは、それこそ動物が発するような饐えた匂いがするだけだった。

闇の中で目が馴れてくると、この塒のみすぼらしい家財道具——段ボールの箱に入った食器や若干の衣類があるのがわかったが、その他に片隅に本が置いてあるのが目に付いた。それらを手にとって、ライターを点け、焔《ほのお》の明かりで照らしてみる。二冊とも小口《こぐち》が茶色く焼けた文庫本だった。無職生活の徒然《つれづれ》を紛らわせるために、資源回収のゴミの中から拾ってきたのだろうか。一冊はモーパッサンの『オルラ』、もう一冊は『シャーロック・ホームズの冒険』だった。二冊とも私の中学時代の愛読書だった。だが、こうした名作中の名作は、私以外の誰かの愛読書でもあり得るだろう。

文庫本をためつすがめつしているうちに、何か硬いものが、ぽとりと落ちた。拾い上げると、それは鍵だった。平凡な形のものだが、何か見覚えがあるような気がする。ポケットから自分のキーホルダーを取り出して比較してみると、家のマンションの玄関の鍵と鍵先の山の切り方などが、そっくりだった。鍵の頭の形は違うから、ひょっとして、これはスペア・キーなのだろうか？

私は鍵を本の頁の間に挟み直し、そっと床のもとあったところへ置くと、外に出た。それから、ベンチに座り、その塒の住人が帰るのを待った。だが、一時間以上待っても、《私》は姿を現さなかった。それ以上待つのは諦めて、駅の地下道へ戻ったが、そこにいたはずの髭のホームレスの姿もなかった。彼の名前か立ち回り先を訊いておけばよかったと後悔したが、後の祭りだった。それ以上の探索を諦めた私は、ようやく帰宅することにした。

6

まだ、午後の十一時を過ぎたばかりだったが、昨日と同じように照明が落とされたリヴィングに、私を待つ妻の姿はなかった。昨夜と同じように冷蔵庫からビールを取り出し、一口呑んだ。ひどく疲れた一日だったが、私にはまだやらなければならないことがあった。

電話を取り上げると、厚木《あつぎ》の実家の番号を押した。

「はい」くぐもった眠そうな母親の声が受話器から聞えてきた。

「あ、かあさん？」

「ああ、景一《けいいち》、どうしたの？　こんな遅くに……」

「いや、ちょっと訊きたいことがあって――」

「なによ……？」

「俺に、その——他に兄弟とか、いないかな？」

「なにを言うんだろうね、あんた一人っ子だって、わかってるでしょうに」

「それは……そうだけど」

しかし、それが自分の分身について納得のゆく、唯一の合理的解釈だった。美香も髭のホームレスも、双子の兄弟のことを口にしたではないか。クローン技術は、自分の生まれた頃には、まだ確立されていなかったのだから、残る可能性は、自分の知らない兄弟が存在するということぐらいしかなかった。私は未練がましく食い下がった。

「親父が、他所《よそ》で生ませた子供とかは——」

「なに馬鹿なこと言ってるの！」受話器の向こうで母親の怒声が響いた。「そんな子なんていませんて。父さん真面目な人だったでしょう。お墓ん中で、怒ってるよ」

「ああ、そう……悪かったね」

「なんで、そんなこと、訊くの？」

「ううん、ちょっと……」昼間の一件で、私は懲りていた。いくら母親でも分身を見たなどという話を信じてはくれないだろう。

母親の声が心配そうな調子に変わった。

「あんた、言うこと、おかしいよ。また眠れないんじゃないの？」

「ああ、ちょっと……」

「お薬呑んでるの？」

「うん」

「病院も行ってるのね？」

「ああ」

「貴子さんとは、最近はどうなの？　うまくやってるの？」

私は答えるのが辛くなってきて、口をつぐんだ。受話器の向こうで母親が勝手に喋る。

「また、会社辞めて、田舎で畑耕すなんて言い出して、貴子さん怒らせてるんじゃないの？」

「いや……」

「去年の今ごろ、あんたが、そんなことを言い出して、それ以来なんでしょ、貴子さんとうまくいってないの」

「関係ないよ、そのことは」

「大学受験の時も、就職の時も、結婚の時も、転職の時も……あんたは――」母親がくどくどと、こぼし始めた。「人生の岐路みたいなところに立つと、いつも優柔不断になって、周りの人を振り回すことになるんだから……」

「関係ないって言ってるだろ！」

私は激高して、そのまま電話を切った。

親に信じてもらうどころか、藪蛇《やぶへび》になって、痛いところを突かれてしまった。ひどく感情が乱れ、自分をコントロールすることができなかった。

ビールだけでは足りなくて、ウィスキーを取り出して、グラスに注ぎ、咽喉《のど》に放り込んだ。しかし、意識は覚醒するばかりで、苛立ちは収まらない。今夜もまた眠れないのだろう。自分の脚が、所在なげに、貧乏揺すりを始めているのがわかる。

しばらくやめていた煙草が無性に吸いたくなった私は、ポケットから箱を取り出して、テーブルの上へ置いた。しかし、灰皿がない。煙を嫌う貴子の手前、リヴィングで常時煙草を吸う習慣はなかった。私は立ち上がり、給湯ポットの裏側に置いてある来客用の灰皿を取り出した。

小さなクリスタルの灰皿に、吸殻が一個残っていた。

見慣れぬ茶色のフィルター……貧乏臭く、根元近くまで吸いきって、灰皿に押し付けてある。摘《つま》み上げて、フィルターを見ると、私の吸っているのより強い、別の銘柄の煙草だった。この銘柄を吸った覚えはない。最近、客が訪れたという記憶もない。

――ただし、私が知らない来客があったというのなら、話は別だが……。

照明の消された暗い寝室に入った。

　ベッドには、こちらに背を向けて、妻の貴子が寝ていた。

彼女を起こして、リヴィングの吸殻の主——私の知らない来客のことを訊いたとしても、逆に、安眠を妨げられたと、怒鳴りつけられるのがオチだろう。ましてや、私が自分のドッペルゲンガーを見たなどという話でもしようものなら、信じるどころか、私を完全に狂人と見なし、強硬手段に出るに違いない。心療内科でなく精神科にでも連絡を取って、私を病院へ押し込めようとするだろう。臭いものには蓋をしろ——だ。そして、夫の病気を絶好の理由に、離婚を申し出て、自由の身となり、自分だけは生き残ろうと……。

　妻の後ろ姿を眺めているうちに、急にいろいろなことが思い出されてくる。

　昨年の初めごろ、私は会社を辞める計画を立てていた。もともと入社時から、自分には会社勤めは向いていないと思っていた。仕事と人間関係の重圧で、神経が参っていて、眠れぬ日々が続いていた。田舎に引っ込んで、農業でも始め、晴耕《せいこう》雨《う》読《どく》の生活でもできたら——というのは、以前から思い描いていた夢だったが、入社十年目にして、いよいよ、それを現実のこととして実行しようと思い立った。私は田舎の土地を物色し、金策に奔走し、辞表も書いた。

　そして——最後の最後のところで、妻に反対された。

「あなたに、そんなことができるわけがない」、「私はあなたの無謀な計画の道連れになるのは嫌よ」、「田舎でなんか野垂れ死にしたくない」……貴子は私の夢にまったく耳を貸そうともせず、ただ口を極めて詰《なじ》るだけだった。そして、何日も口論が続いた挙句、私は結局、辞表もカントリー・ライフの夢も引っ込めた。母親の言うとおり、大事な人生の岐路で、優柔不断が出てしまったのだろうか。私は自分の人生の行路を、強硬な妻に押し切られるのでなく、自分の判断で決めるべきだったと後悔した。

それ以来、妻と心を開いて話すことはなくなった。抑鬱症《よくうつしょう》に陥った私は心療内科に通いながら、そのついでのように会社にも勤め続け、今に至っている。相変わらず、眠れず、神経も疲れる。最近では、ふと死んでしまいたいと思うことさえあった。……それなのに、この女は、私の帰りも待たずに、いつも自分だけ、安逸な惰眠をむさぼり続けている……。

私は妻のパジャマの襟からはみ出るように覗いた、首の肉塊に目を落とした。結婚当初は、こんなに醜く肥ってはいなかった。心だって、こんなに冷たくはなかったはずだ。——いや、私は、結婚以来、一度でも、この女と本当に心を通わせたことがあったのだろうか？　結婚生活の節々で貴子から浴びせられた屈辱的な言葉の数々が思い出されてくる。

——この女と結婚していなかったら、私はどんな人生を歩んでいたことだろう？　私の両手の指が知らず知らずのうちに、妻の首に伸びていた。

首の皮膚に指先が触れる。

そして、私はひどい恐怖に襲われた……。

8

私は恐怖に襲われた……。

誰かが、ここに入ってきたようだ。中は何も変わっていないようだが、私にはわかった。

モーパッサンの文庫本を取り上げた時、それに気づいた。そこに挟んであったはずの鍵がなかったのだ。たった二冊の蔵書のもう一冊、コナン・ドイルのほうを取り上げると、今度は、鍵がぽとりと落ちた。モーパッサンの『オルラ』のほうに鍵を挟んでいたはずだった。いつもそうしていたから、それは確かだった。——となると、誰かが、ここに入ってきて、本を動かし、取り落とした鍵を、元のとは別の本に挟み直したことになる。

誰が入ってきたのだろう？

私に悪さをしようと狙っている不良どもだろうか？——それはあり得ることだった。今日の昼間のうちに公園に戻った私は、見覚えのある数人の茶髪の若者に出遇った。腹立ちを抑え切れなかった私は「放火は重罪だぞ」と警告を発した。幸いにもその時、公園には人目があったので、連中はすごい目でこちらを睨みながら「ホームレスの癖に何言ってやがる。覚えてろよ」と、捨て科白《ぜりふ》を残して去っていった。あの連中が、夜になって、またここに戻ってきたのだろうか？

――いや、違う。

私は考え直した。もし、不良連中がここに侵入したのなら、文庫本から滑り落ちた鍵を元に戻したりしないだろう。奪い取って捨てるか、塒の中を滅茶苦茶にするか、それとも、それこそ付け火でもするか、私が精神的なダメージを受けるような、もっとひどいことをしただろう。

――違う。不良連中とは別の人間が、私がいない間に、ここに入ったのだ。その侵入者というのは、例えば……。

私は急に疲れを覚え、毛布の上にへたり込んだ。

今日はいろいろなことがあって、ひどく疲れていた。

昨夜目撃した自分の分身――ドッペルゲンガーのことがひどく気になった私は、昼過ぎに、以前住んでいた家を訪ねてみようと思い立った。蒲田のマンションの一角にある懐《なつ》かしい家。その扉の錠は下りていたが、鍵は換えていないようで、未練がましくまだ所持していたスペア・キーで容易に開けることができた。

しかし、家の中に私の分身の姿はなかった。私はやるべきことをやり終えると、リヴィング・ルームで、ビートさんから貰ったシケモクを一本だけ吸い、それから懐かしの我が家を後にした。帰りは電車賃を節約するため、歩いて新橋の公園の塒まで帰った。そこで、鍵を『オルラ』の中に挟み、一休みしたところで、今度は有楽町《ゆうらくちょう》のほうまで、当《あ》て所《ど》もなく、歩いていった。その日の夕食――残飯と、新しい塒を探すためだった。疲れていたが、仕方なかった。

「覚えてろよ」という不良どもの捨て科白が棘《とげ》のように心に刺さっていた。一刻も早く新しい塒を見つけたかった。

だが、結局、新居を構えられるような手頃な場所は見つからず、新橋の地下道にも先客がいたので、こうして仕方なく、重い足を引き摺って、公園の塒に戻ってきたのだった。

私は溜息をつくと、ビートさんに貰った煙草の最後の一本に火を点けた。ほとんど吸っていない、取って置きの長い一本だった。今夜は、自分に、このくらいの褒美《ほうび》はやりたい気分だった。公園は火気厳禁だが、もう夜もだいぶ更けているし、今なら見《み》咎《とが》める者もいないだろう。

私が灰皿代わりの空き缶に最初の灰を落とした時、誰かが、塒の入り口のシートをめくって入ってきた。照明のない塒の暗闇の中のこととて顔が判別できないので、最初は、そいつが昼間の不良の一人だと思った。だが、そいつが明かり代わりに、ライターを点けた時、火影の中に顔が浮かび上がり、その正体がわかった。

――侵入者は《私》だった……。

9

私は《私》に向かって、言った。

「誰だ、あんた？」

「そう言うあんたこそ、誰なんだ？」私は訊き返した。

私は固唾《かたず》を呑んでから、言った。

「私は、二見景一だ」

「私も二見景一だ」私も録音の巻き戻し再生のように答えた。

「生年月日は？」

「昭和三十七年六月十八日」

「贔屓《ひいき》の野球チームは――」

「阪神だが……ちょっと待て、こっちもあんたに訊きたい」

「何だ？」

「中学時代、クラブ活動の野球チームでは、どこを守って、何番を打っていた？」

「ライトを守り、八番だった。――ライパチと言われて馬鹿にされたから、忘れるわけがない」

「それじゃ、あんた、身体のどこかに黒子《ほくろ》があるか？」

「右の肩甲骨の横に一つと腰のあたりに一つ……背後のことは自分ではわからなかったが、貴子に指摘されて、初めて知った」

「貴子にね……」私は少し考えてから、取って置きの質問をした。「貴子と結婚することになって、私はそれ以前に付き合っていた女性から貰った手紙を処分した。どこに捨てたかわかるか？」

「焼いて、その灰を、大黒埠頭《だいこく》から海に捨てた」

「そうか……」

「そのことは誰にも言っていないはずだが？」

「個人的かつ、ひどくセンチメンタルな話だからな、他人にはとても言えんよ」

「ともかく、お互いに訊き合ったことには、すべて正確に答えられたようだな」

「ああ、そのようだ」

「——ということは、あんた、私のドッペルゲンガーなんだな」

「おいおい、冗談はよせ。昨夜新橋で、あんたを目撃してから散々悩まされてきたんだ……それで、やっとこうして探し当てた。——ドッペルゲンガーはそっちのほうだろう？」

「こっちもあんたを探していたよ。だが、あんたの言ってることは間違っている。こっちのほうが本物で、あんたこそが分身のはずだ」

「違う。こっちが本物だ。お前が本物だと言うのなら、家で使っている自分のパソコンのパスワードを言えるか？」

「ONIBI451——だ」

「なぜ、そういうパスワードにした？」

「好きな映画が、ルイ・マルの『鬼火』とトリュフォーの『華氏451』だったからだ」

「わかった、もういい……いくらやっても、これは、切りがないようだな」

私は頷きながらも、執拗に主張した。

「しかし、どうしても私は、自分のほうが主体で、あんたのほうが、分身――ドッペルゲンガーだと思うんだがな……」

「私も同じように思っている。――あんたのほうが、ドッペルゲンガーだと」

「じゃ、どうやって、どちらが本物か決したらいいんだ?」

「何かいいアイディアはあるか?」

「誰か第三者に決めてもらうってのは、どうだ?」

「いい考えだが、誰に? 友人や同僚はパニックになるだけだぞ」

私は首を捻りながら、「実家のお袋も、歳を取り過ぎていて、こんな事態、混乱するだけだろう」そこで少し考えて、「――となると、貴子あたりに判断してもらうことになるが……」

私も少し間を置いてから短く答えた。

「――それは無理だ」

「夫に関心がないからか?」

「そうじゃない」

「じゃ、なぜ?」

「とぼけるな」

「どういうことだ？」

「貴子は、死んでいるからだ」

「貴子が死んだ？」私は鸚鵡《おうむ》返《がえ》しに言った。

「そう、お前が殺したんだ」

「なんだと？」

「さっき、ベッドに横たわっている貴子の首に触れたら、冷たくなっていた。——お前が、私のいない間に、家に入り込み、貴子を絞め殺したんだ」

「殺した……何を言ってるんだ。私がやったんじゃない。出鱈目《でたらめ》を言うな。何を根拠にそんなことを言うんだ？」

「お前、家のスペア・キーを持っていたろう？」

「——ああ、すると……今夜ここへ侵入して、鍵を触ったのは、あんただったんだな」

「そうだ。文庫本の間に、家の玄関のと、そっくりの鍵が挟んであった」

「もともと自分のものだ」

「あんたは、その鍵で、家に侵入し、妻の貴子を殺害し、そのあとリヴィング・ルームで一服した。あんたが今、その空き缶に吸いさしているのと同じ銘柄の煙草の茶色いフィルターが、家の灰皿に残っていたよ」

「ああ」私はつい、空き缶から煙を立ち昇らせている煙草に目を落とした。「確かに私は今日の午後、家へ行った。だが、貴子は殺さなかった」

「嘘をつけ。じゃあ、何しに家へ侵入したんだ？」

「決まってるじゃないか。あんたの、つまり、自分の分身の行方を知りたかったからだよ」

「そうかな、信じられんな」

「信じられんて——それじゃ訊くが、あんただって……ここへ来たのは、どういう訳なんだ？」

「それは、自分の分身が……本当に存在するかを、確かめるためだ」

「そら見ろ、考えは同じじゃないか」

「それだけじゃない。貴子を殺した犯人を突き止めに——」

「だから、それは私じゃないと、さっきから言ってるだろう」

「じゃあ、誰がやったんだ？」

「知らんよ。私が家に入ったのは、午後の三時頃だったが、あそこには誰もいなかった」

私は思わず頷きながら、

「確かに、貴子は、午後四時まではパートのアルバイトでいないはずだが……本当に誰もいなかったのか？」

「ああ。だから、煙草を一服しただけで、帰ってきた。それから、鍵をここへ置いて、その後はずっと新しい塒と食い物探しで有楽町あたりをうろついて、さっきここへ帰ってきたというわけだよ」

「ちょっと待て」私は質問の方向を変えることにした。「あんた、さっき、蒲田の家の鍵が、もともと自分のものだ――と言っていたな」

「ああ、そうだよ」

「以前、あそこに住んでいたのか？」

「ああ」

「それが、どうして、今、こんなこと――ホームレスなんかしてるんだ？」

私は溜息をついた。

「昨年の春頃、田舎へ引っ込んだ」

「そうだったのか……」私は呻《うめ》くように言った。

「だが、貴子は最後まで反対したので、結局、離婚して、あのマンションは、あの女にくれてやった。そして、独りで田舎に乗り込んで――」

「晴耕雨読の生活を楽しんだんだろう？」私も溜息混じりに言った。「それは私の念願だったから、よくわかる」

「晴耕雨読か……」私は薄く笑った。「――楽しめたのは、最初の三日ぐらいだよ。都会育ちの素人が、いきなり農業をするのは、無理だった。しかも、家族の支えもなく、独りきりでやるのは、な」

「失敗したのか？」

「惨憺《さんたん》たるものだった。肉体労働をすれば安眠できるかと思ったら、とんでもない。忌々しいビニールハウスのことが始終気になって、夜中に何度飛び起きたかわからん」

「あんなに事前に勉強したのに……」いつの間にか我がことのように呟いている私。

「勉強と実践は大違いだ。毎日肉体的にも精神的にも疲弊の極に達して、しかも、まったく金にならん。何度、作物を枯れさせ、腐らせてしまったことか。その年の天候不順も打撃だったがな、大半は自分の技術の未熟さが招いたことだろう」

「破産したのか？」私は相手の頭から爪先まで改めて見た。

「ご覧の通りだ」私は自虐的な笑いを浮かべた。「農業の失敗だけなら、まだ何年かは、もったろう。他に、いろいろ騙されたこともあったし、借金のほうも嵩《かさ》んで、しかも悪質な相手から借りてしまっていたから――」

「――あの、木村《きむら》から紹介された金融業者はまずかったのか？」

私は頷いた。

「ああ。うまいこと言って、寄ってきたあいつこそが曲者《くせもの》だった。奴に騙されたようなもんだよ。経済的に破綻して、すべてを失うのに、そう時間はかからなかった。家も金も土地もなくなって、ここへ流れてきたのは、今年の初め頃のことだ」

「わかったぞ」私は呟いた。

「何が？」私は訊き返した。

「いや、どこが人生の分岐点——分かれ目だったかって、ことさ。去年、辞表を書いた時、私は、最終的には、妻の反対に押し切られるかたちで、計画を断念した。ところが——」

「——ところが」私は苦笑しながら後を引き取った。「こっちは、自分の意志を貫き通し、会社を辞め、離婚もし、夢のカントリー・ライフを始めてはみたものの、見事に失敗して、ホームレスに身を落としたってわけか」

「あの時、我々の人生は分かれた——」

「人間が分かれたのか、世界が分岐したのか知らんが、かくして、乞食と王子の分身双子が誕生したと——？」

　私は慌てて否定した。

「乞食と王子？　いや、こっちも別に王子のような優雅で気楽な生活をしているわけじゃない。会社に留まっていても、いろいろ辛くて、大変で——」

「宿無し、残飯漁りの生活をしてみろ。ホームレスの身からすれば、そっちの暮らしぶりは、王子様みたいに見えてくるさ……」そこで私には閃くものがあった。「ところで、あんた、《鬼火》っていう曲の歌詞を覚えているか？」

「……ああ、好きな曲だったから——」

「正確に覚えているわけじゃないが、確か、あの曲の一節に――この世で一番嫌いなものは、生きそこなった俺の心――っていう文句があったな」

「ああ、そうだな」

「私は、あんた――つまり自分のドッペルゲンガーに出遇って、衝撃を受けた。なんとも嫌な、恐ろしい気分になった」

「こっちも同様だ。あんたに遇う以前から、この世で一番恐ろしいものは、自分の分身だとか言って、会社の連中に気味悪がられていたよ」

「どうして恐いか、わかるか？」

「え？」

「自分の分身に出遇うのが、どうしてそんなに恐いのかと訊いてるんだよ」

「それは……」確信ありげな《私》の表情を見て、私は逆に訊き返した。「あんたは、わかったのか――ドッペルゲンガーに対する恐怖の正体が？」

「今、悟ったよ」

私は黙って先を促した。

「《鬼火》――生きそこなった俺の心――に向かい合う恐怖だよ」

「ああ……」

「昨日、こっちもホームレス仲間と、この世で一番恐ろしいものは何だろうというようなことを話していた。——ほら、ホームレスは失うものが何もないから、恐いものもないだろう、とか友達が言い出すからさ」

「それで、あんたは、自分の分身が恐いと答えたんだね？」

私は頷いた。

「そう。そう答えた後、なぜか、生きそこなった俺の心——という句が頭に浮かんだ。あれは、つまり、この事態を無意識に想定していたんだと思う」

《私》の言いたいことがわかるような気がして、私は先回りした。

「つまり、分岐したもう一人の自分——別の人生の可能性に出遇って、自分が人生を『生きそこなった』——と、わかるのが恐いと……」

「そう。あんたは《私》なんだから、すぐ察しがつくだろう？」

「そう言われれば、私がドッペルゲンガーを恐れるのも、潜在的には、そういう想定があったのかもしれん。つまり……」

私は寂しく笑って後を続けた。

「——自分の人生のもう一つの可能性に対する不安——生きそこなった自分が現実化して、それを目の当りにすることを恐れていたんだ、と」

私たちは、お互いに、頷きあった。

少しして、私は覚悟を決めた。

「――しかし、その恐怖も、もうお終いだ」

「ん？　どういうことだ」

私はポケットから果物ナイフを取り出した。

「なんだ、そんなもの持ち出して、どうするんだ？」私はひどく驚いて目を瞠《みは》った。

「いや、ドッペルゲンガーを見たら、その者は死ぬとかいう言い伝えがあったろう？」

「あんた、まさか……」

「今、確信したんだが、私は、ここのところ、ずっと死にたいと思い続けていた。だから、いつでも死ねるように、こんな刃物を持ち歩いていたんだろう。だが、私は臆病だった。何か、決定的なきっかけが欲しかった。死の淵へ誰かが背中を押してくれるのを待っていたんだ。だから、ドッペルゲンガーに出遇ったのを、まさに絶好の機会にして、自ら命を絶とうと思うんだ」

そう言いながら、私はナイフの尖端《せんたん》を自分の左の胸元――心臓に向けた。

「ちょっと、待て。急にどうしたっていうんだ――」

「急なことではないと言ったろう。あんたが《私》なら、心情はわかるだろう？」

「それは……」一瞬、当惑したが、確かに思い当るところはある。「……まあ、わかる気がするが……もう、この世界に存在しているのは、うんざりだと、私だって常々思っていたよ。だが――」

「妙なことだが、今は死ぬのは恐くない。――なぜなら、目の前に、もう一人の自分がいて、そいつは多分、生き残るだろうことがわかっているから……。だから、今は、ほとんど、ここで自分が死んだらどうなるのだろうって、好奇心すら湧いてきている」

「好奇心って――」

私はナイフの柄を少し押した。服が破れ、皮膚に刃先が触れるのがわかる。

「私が死んだら、どうなるんだろうねえ？　我々の不思議な分岐は、ここで収束するのだろうか？　それとも――」自分が思いついた皮肉に苦笑した。「――これがまた、新たな分岐の始まりになるのか……」

私はナイフの柄にさらに力を込めた。皮膚が切れるのがわかった。

「分岐の始まり……どういうことだ？」

私は答えずに、他に言うべきことを口にした。

「貴子の死は――」

「貴子……？」

「私が死んだら、貴子の一件は、こっちのせいにすればいい」

「どういうことだ？　貴子を殺したのは――」

私は相手の言葉を途中で遮った。

「それ以上言っても無駄だ。お互いになすり合いをして、貴子殺しを議論しても無駄なんだよ。さっき、お互いの真贋《しんがん》を議論した時も、決め手は見出せなかったじゃないか。お互いがお互いの分身で、中身もまったく同じだというなら、貴子に対する想いも同じはず。――ということは、どちらも自分の妻に嫌気がさし、殺意を抱いていたということだろう。そこまでで、いいじゃないか。どうせ、貴子殺しが露見《ろけん》したなら、世間の疑惑の目は、いの一番に、イカレた夫――あるいは元夫――の二見景一に向けられるに違いない。だから、その、我々にとって避けられない疑惑を、死にゆく片方が背負ってやろうと言っているんだ」

「あ、待て！」

私は《私》の制止に耳を貸さずに、ナイフの柄を両手で持って、一気に胸を刺し貫いた。

その時、異変が起こった。

突然、塒の防水シートが捲り上げられ、何かの液体が中にぶちまけられた。

「死ねや！　バカヤロウ！」外で無軌道な若者の罵声がした。

揮発性の匂いが漂い、身体が濡れたと思った次の瞬間、すぐに目の前が明るくなり、すべてのものが炎に包まれた……。

10

鬼火――と言っても、墓場に漂う儚《はかな》げなやつじゃない。以前、旅先の片田舎で見た、節分《せつぶん》に催される厄除《やくよ》け行事の鬼火――その中で三匹の鬼が踊り狂うという大護摩《おおごま》の燃え盛る炎――を思い起こさせた。

それほどの火勢で、防水シートと段ボールの塒は燃え、闇の中で光り輝いていた。

身体に火のついた私は、その場に倒れ、無我夢中でのた打ち回って、気が付いた時には塒から転がり出ていた。

ふらつきながらも、なんとか立ち上がる。

服についた炎は消えていたが、白い煙が立ち上り、焦げた臭いが鼻を突いた。ひりひりと痛む顔と胸と両手には、ひどい火傷を負っているようだ。

呆然としながら、ふと燃え盛る塒に眼をやると、跪いた人影が前のめりに燃え崩れるのが見えた。――どうやら、もう一人の《私》は、逃げ遅れて焼死したらしい。彼を包む炎は、さながら人間の怨念が火と化した鬼火のように、蒼白く揺れていた。

ドッペルゲンガーとの邂逅は死の予告だという。さすれば、炎の中で焼け死んだ男が本物で、生き残った私のほうが分身だったというわけか……それにしても、あのお互いの辿った人生をぶつけ合った会話に熱を入れ過ぎて、いささか記憶が混乱している……ああ、頭が痺れたようで、なんだかおかしい……私の頭の中で、二つの人生の記憶がいつの間にか並立している。ここにいる自分は、どちらの私なのか？　脱サラ後の農業に失敗してホームレスに身を落とした《私》なのか？　転身を決心できずに会社に居残り不適応と疎外感に苛まれている《私》なのか？　そして、どちらの《私》が妻を殺したのだったか——。

自分は、いったい、どちらの《私》だったのか……。

《私》か分身《ドッペルゲンガー》か……。

思い出そうと頭を抱える私を尻目に、蒼白い鬼火は、いっそうその火勢を増して燃え盛るのだった……。


——Fade Out——

【初出一覧】

「異版　女か虎か」（《ミステリマガジン》二〇一一年三月号）
「群れ」（《ミステリマガジン》二〇一二年七月号）
「見知らぬカード」（《ミステリマガジン》二〇一二年八月号）
「謎の連続殺人鬼リドル」（《ミステリマガジン》二〇一二年四月号）
「私か分身《ドッペルゲンガー》か」（『モンスターズ』所収の「もう一人の私がもう一人」を改作・改題）

山口雅也著作リスト

1 『生ける屍の死』 一九八九 東京創元社・創元推理文庫
2 『キッド・ピストルズの冒瀆』 一九九一 東京創元社・創元推理文庫
3 『13人目の探偵士』 一九九三 東京創元社・講談社ノベルス・講談社文庫
4 『キッド・ピストルズの妄想』 一九九三 東京創元社・創元推理文庫
5 『ミステリーズ』 一九九四 講談社・講談社ノベルス・講談社文庫
6 『日本殺人事件』 一九九四 角川書店・角川文庫・創元推理文庫・双葉文庫 第四十八回日本推理作家協会賞受賞
7 『キッド・ピストルズの慢心』 一九九五 講談社・講談社ノベルス・講談社文庫
8 『ミステリー倶楽部へ行こう』 一九九六 国書刊行会・講談社文庫
9 『垂里冴子のお見合いと推理』 一九九六 集英社・講談社ノベルス・講談社文庫
10 『續・日本殺人事件』 一九九七 角川書店・角川文庫・創元推理文庫
11 『マニアックス』 一九九八 講談社・講談社ノベルス・講談社文庫
12 『マザーグースは殺人鵞鳥《マーダー・グース》』 一九九九 原書房
13 『ミステリーＤＩＳＣを聴こう』 一九九九 メディアファクトリー
14 『続・垂里冴子のお見合いと推理』 二〇〇〇 講談社・講談社ノベルス・講談社文庫

15『奇偶』 二〇〇二 講談社・講談社ノベルス・講談社文庫 上下
16『ＰＬＡＹ プレイ』 二〇〇四 朝日新聞社・講談社ノベルス・講談社文庫
17『チャールズ・アダムスのマザー・グース』 二〇〇四 国書刊行会 翻訳
18『チャット隠れ鬼』 二〇〇五 光文社・光文社文庫
19『ミステリー映画を観よう』 二〇〇五 光文社文庫
20『ステーションの奥の奥』（『古城駅の奥の奥』改題） 二〇〇六 講談社・講談社ノベルス・講談社文庫
21『山口雅也の本格ミステリ・アンソロジー』 二〇〇七 角川文庫 編纂
22『モンスターズ』 二〇〇八 講談社・講談社文庫
23『キッド・ピストルズの最低の帰還』 二〇〇八 光文社
24『新・垂里冴子のお見合いと推理』 二〇〇九 講談社
25『キッド・ピストルズの醜態』 二〇一〇 光文社
26『狩場《カリヴァ》最悪の航海記』 二〇一一 文藝春秋
27『謎《リドル》の 謎《ミステリ》 その他の謎《リドル》』 二〇一二 早川書房 本書

Hayakawa
Mystery World

〈ハヤカワ・ミステリワールド〉
謎《リドル》の謎《ミステリ》その他の謎《リドル》

二〇一二年八月二十日　初版印刷
二〇一二年八月二十五日　初版発行

著　者　山口雅也《やまぐちまさや》
発行者　早川　浩
発行所　株式会社　早川書房
郵便番号　一〇一‐〇〇四六　東京都千代田区神田多町二‐二
電話　〇三‐三二五二‐三一一一（大代表）
振替　〇〇一六〇‐三‐四七七九九
http://www.hayakawa-online.co.jp

印刷所　中央精版印刷株式会社
製本所　中央精版印刷株式会社

ISBN978-4-15-209318-9　C0093

ハヤカワ・ミステリワールド

開かせていただき光栄です
—DILATED TO MEET YOU—

皆川博子

46判上製

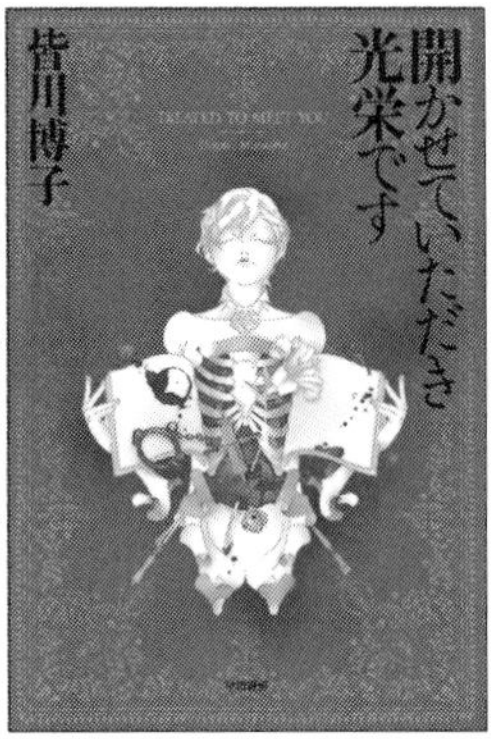

十八世紀ロンドン。外科医ダニエルの解剖教室から妊婦の屍体が消え、代わりに四肢を切断された見知らぬ少年の屍体が現れた。背後には稀覯本贋作をめぐる謎が……解剖学が先端科学で同時に偏見に晒された時代。そんな時代の落とし子たちが可笑しくも哀しい不可能犯罪に挑む。理知の光と混沌の闇が織りなす歴史本格ミステリ。本格ミステリ大賞受賞作

ハヤカワ・ミステリワールド

三百年の謎匣

芦辺　拓

46判上製

密室状態の袋小路で殺された富豪の手から、森江春策の元に巡りめぐって持ち込まれた書物には、異なる時代の六篇の物語が綴られていた。三百年に及ぶ書物の謎が導く、莫大な遺産をめぐる不可能犯罪の真相とは？　東方綺譚、海洋活劇、革命秘話＆中華幻想、秘境探検、ウェスタン、航空推理――時代・場所・ジャンルを変えて構築された驚愕の連鎖長篇